MARTIN RÜFENACHT

Reussschlinge

MARTIN RÜFENACHT

Reussschlinge

Kriminalroman

GMEINER

Personen und Handlung sind frei erfunden.
Ähnlichkeiten mit lebenden oder toten Personen
sind rein zufällig und nicht beabsichtigt.

Immer informiert

Spannung pur – mit unserem Newsletter informieren wir Sie regelmäßig über Wissenswertes aus unserer Bücherwelt.

Gefällt mir!

Facebook: @Gmeiner.Verlag
Instagram: @gmeinerverlag
Twitter: @GmeinerVerlag

MIX
Papier aus verantwortungsvollen Quellen
FSC® C014496

Besuchen Sie uns im Internet:
www.gmeiner-verlag.de

Im Ehnried 5, 88605 Meßkirch
Telefon 07575/2095-0
info@gmeiner-verlag.de

2. Auflage 2020

Lektorat: Susanne Tachlinski
Herstellung: Mirjam Hecht
Umschlaggestaltung: U.O.R.G. Lutz Eberle, Stuttgart
unter Verwendung eines Fotos von: © suju / pixabay
Druck: GGP Media GmbH, Pößneck
Printed in Germany
ISBN 978-3-8392-2749-7

Für meine Familie.
Danke!

PROLOG

Manchmal hasste sie sich für die Entscheidungen, die sie in ihrem Leben getroffen hatte. Sich auf ihren Mann einzulassen, war eine davon – sich von ihm ein Kind andrehen zu lassen, eine weitere –, aber sich auch noch einen Hund anzuschaffen, war definitiv zu viel des Guten.

Während ihre Studienkolleginnen gerade Karriere machten und sich in wohlig warmen, modern eingerichteten Büros in der City überlegten, welches Mittagsmenü sie bestellen sollten, damit ihre neu erworbenen Businesskostüme keine bleibenden Flecken abbekommen würden, stapfte sie durch den immer stärker werdenden Regen – an der einen Hand das Kind, an der anderen den Hund.

Es hatte die letzten Tage beinahe ununterbrochen geregnet. Der Weg auf dem Damm entlang des Flusses glich einer Kraterlandschaft aus Pfützen und Schlaglöchern. Jeden ihrer Schritte ging sie mit Bedacht, um nicht zu straucheln. Ihr Sohn hingegen freute sich über jede Gelegenheit, seine senfgelben Gummistiefel mit Anlauf in eine der Lachen zu versenken. Mit seinem leuchtend gelben Friesennerz war er selbst bei diesem dichten Schauer gut zu erkennen.

Der Dauerregen ließ die Reuss gefährlich anschwellen und der sonst so beschaulich dahinfließende Fluss war zu einem reißenden braunen Strom geworden. Geäst und ganze Baumstämme trieben an ihnen vorbei in Richtung des weiter flussabwärts gelegenen Stauwehrs. Gemäß den Meteorologen war für die nächsten Tage keine Besserung in Sicht.

Scheißwetter, dachte sie, während sie den Kragen ihres Regenmantels hochschlug. Aber da war nichts zu machen. Schicksal von Hundebesitzern war es nun einmal, ihre Lieblinge Gassi zu führen – bei jeder Witterung. Ihr English Shepherd war eine Rasse, die besonders viel Auslauf brauchte. Dafür hätte sie sich schon öfters ohrfeigen können. »Gut, dann kann ich meine Joggingrunde gleich mit dem Gassigehen verbinden«, hatte sie damals gesagt, als ihr Mann mit der Idee ankam, sich einen Hund zuzulegen. Ha! Heute war sie froh, wenn sie neben Kind, Hund, Mann und Arbeit – in dieser Reihenfolge – einmal fünf Minuten Zeit für sich hatte. Sie hatte wenig Lust auf Sport. Eigentlich war sie permanent hundemüde.

Sie schmunzelte innerlich über dieses Wortspiel. Aber wie war sie nur auf die Idee gekommen, bei diesen Bedingungen auch noch einen Regenschirm mitzunehmen anstatt einfach eine Regenjacke mit Kapuze? Mühsam hielt sie den Griff des Schirms in der rechten, die Hundeleine in der linken Hand. Der Kleine war etwas vorausgegangen und ins Spiel mit den Pfützen vertieft. Anfangs hielt er sich noch an ihre Anweisung, sich gut am Griff des Schirms festzuhalten. Bald aber hatte er sich losgerissen. Sie wusste, dass es hoffnungslos war, einem Vierjährigen Vorschriften zu machen, wenn es darum ging, nicht in Pfützen zu springen. Eigentlich wäre ich auch gerne mal wieder Kind, dachte sie bei sich. Tobias war schon immer ein wilder Junge gewesen mit ausgeprägtem Freiheitssinn. Ihn vom Pfützenspringen abzuhalten, hätte in einem Tobsuchtsanfall geendet, was sie bei diesem Wetter nun wirklich nicht gebrauchen konnte.

Plötzlich blieb der Hund stehen und beschnüffelte den Pfosten einer Tafel des Naturschutzbundes. Tobias war schon ein Stück weiter vorn, daher versuchte sie, das Tier zum Weitergehen zu bewegen, und zog energisch an der Leine. Der stärkere Zug veranlasste den Hund, noch fester dagegenzuhalten. Sie versuchte nun, mit beiden Händen an der Leine zu ziehen – ohne nennenswerten Erfolg. Offenbar verströmte dieser Pfosten ein ganz und gar unwiderstehliches Aroma. Erstaunlich, wie Duftmarken der Hunde selbst solche Regenmengen überdauern und nicht abgewaschen werden, dachte sie. Der Hund tänzelte um die Stelle herum, scharrte zwei-, dreimal mit den Hinterläufen, stellte sich in Position und hob sein linkes Hinterbein, um sich zu erleichtern. »Wenn das der Naturschutzbund wüsste«, sagte sie zu ihrem Vierbeiner mit einem Seufzer und zog erneut an der Leine. Diesmal gehorchte er und trottete zu seinem Frauchen. Zufrieden drehte sie sich wieder in Richtung des Weges um.

Augenblicklich erstarrte sie. Ihr Herz schien für ein paar Schläge auszusetzen und sie spürte, wie ihr das Adrenalin ins Blut schoss. Ihr Sohn war nicht mehr da! Vor ihr lag nur der menschenleere Weg, auf dem der Regen unverdrossen in die unzähligen Pfützen plätscherte. Panik überkam sie. Gehetzt blickte sie sich um. Keine Spur von Tobias! Sie ließ den Schirm fallen und rannte los. Laut rief sie seinen Namen. Aber ihr Rufen ging im Lärm unter. Regen trommelte auf ihren Kopf und der tosende Fluss trug ein Übriges dazu bei, dass praktisch alle Geräusche verschluckt wurden. Keine Antwort. Einzig ihr Atem und ihr pochender, rasender Herzschlag waren zu hören.

Mit dem Mut der Verzweiflung, wie ihn nur Mütter kennen, deren Kinder in Gefahr geraten, sprintete sie die steile Uferböschung hinab, dem Fluss entgegen. Vor ihrem inneren Auge sah sie ihren Sohn bereits in den Fluten treiben und sich hinterherhechten. Sie würde alles geben, um ihr Kind zu retten!

Doch sie sah nichts in der braunen Wassermasse treiben; keinen Arm, der um Hilfe winkte, keinen nach Luft ringenden Knabenkopf, nichts. Die Panik übermannte sie immer heftiger. Wo war Tobias?

Da begann der Hund, sie in eine Richtung zu ziehen. Er knurrte, erst nur unmerklich, dann lauter und aggressiver. Schließlich bellte er und zog wie verrückt an der Leine. Als sie den Kopf hob, sah auch sie es.

Hinter einem kleinen Mauervorsprung, der dem Zufluss eines Nebenkanals in die Reuss diente, lugte die gelbe Kapuze von Tobias' Anorak hervor, darunter das Gesicht des Jungen. Er schien etwas zu rufen, aber sie konnte ihn nicht verstehen. Mit einer Geschwindigkeit, an die sie sich später nicht würde erinnern können, war sie bei ihm. Sie drückte ihn sofort an sich und spürte, wie ihr vor Erleichterung Tränen in die Augen schossen.

»Was machst du für Sachen!«, platzte es aus ihr heraus.

»Mami, schau, was ich gefunden habe«, erwiderte ihr Sohn, die Lage offenbar ganz anders einschätzend. Stolz hielt er einen weißlichen Klumpen in die Höhe, etwa von der Größe einer Orange. Zuerst konnte sie das Ding nicht genau erkennen. Dann aber wurde ihr klar, was er ihr entgegenstreckte – und sie musste sich augenblicklich heftig übergeben.

KAPITEL 1

»Eine Hand?!« Bernauer schaute seinen Kollegen fassungslos an.

»Ja, stell dir vor. Da geht eine Mutter ahnungslos mit dem Hund spazieren und ihr Sohn zieht eine verweste Hand aus der Reuss!« Staubli nahm einen Schluck aus seiner »Tatort«-Kaffeetasse – ein Geschenk des Teams zu seinem 30-jährigen Dienstjubiläum – und widmete sich wieder seinem Bildschirm.

Bernauer war gerade ins Büro gekommen und hängte seine neue dunkelblaue Regenjacke an den Garderobenständer. Der Boden darunter war bereits nass von den Schirmen und Mänteln der Kollegen.

»Ich schwöre dir, wenn dieser Regen nicht bald aufhört, werde ich noch depressiv«, meldete sich nun Ponte zu Wort. »Ich bin solches Wetter als Südländer nicht gewöhnt.«

»Du bist hier geboren und lebst seit 42 Jahren im Freiamt«, entgegnete Staubli und schaute wieder von seinem Bildschirm hoch. »Das Einzige, was dich noch mit Italien verbindet, ist dein Alfa, und selbst der rostet dir bei diesem Wetter sehr schnell unter dem Hintern weg.«

Bernauer grinste innerlich. Der feuerrote Alfa Romeo Giulia Sprint GT war Michelangelo Pontes ganzer Stolz. »La mia Giulia«, wie Ponte den Wagen liebevoll nannte, kam bisweilen sogar für polizeiliche Ermittlungen zum

Einsatz, war aber für Observationen doch etwas zu auffällig. Außerdem bestand Ponte beharrlich darauf, dass in seinem Wagen weder getrunken noch gegessen werden durfte, was bei längeren Observationen schon einmal zu handfesten Streitigkeiten führen konnte. Bernauer fühlte sich in der Stimmung, Ponte noch ein wenig auf den Arm zu nehmen, besann sich dann aber eines Besseren und wurde wieder ernst. Als Chef durfte er sich nicht dazu hinreißen lassen, schließlich ging es um eine ernste Sache.

»Und wo ist die Frau jetzt?«, wollte er wissen.

»Wir haben sie für halb zehn an den Fundort bestellt«, antwortete Ponte.

Bernauer seufzte hörbar. Er hatte sich auf einen ruhigen und vor allem trockenen Bürotag gefreut. Nun musste er wieder hinaus in dieses miese Wetter. Auf seinem Pult fand er eine Mappe mit den zusammengestellten bisherigen Erkenntnissen des Falls. Das Sekretariat hatte wieder einmal sehr gute Arbeit geleistet. Er öffnete die Mappe und verschaffte sich einen Überblick über die spärlichen Informationen. Ihm wurde klar, dass er den Fundort nicht innert nützlicher Frist mit dem Fahrrad erreichen konnte. Bernauer teilte sich das Auto mit seiner Frau. Da hauptsächlich sie für die Kinderbetreuung zuständig war, benützte er den Wagen nur sehr selten. Er legte wenn möglich alle Strecken per Velo zurück. Sein treuer Fünfgänger war ihm bei der Arbeit schon mehr als einmal sehr nützlich gewesen. Zudem konnte er sich jederzeit einen Dienstwagen leihen.

»Heute sieht's schlecht aus mit den Dienstwagen«, sagte Staubli, der offenbar Bernauers Gedanken erriet. »Bei dem Regen nehmen sogar die Streifen den Wagen.«

So wie du jeden Tag, dachte Bernauer.

Staubli stand kurz vor der Pensionierung und er nahm sich einige Freiheiten heraus. Unter anderem »lieh« er sich jeden Abend einen Dienstwagen, um damit nach Hause zu fahren. Eigentlich hätte jemand Staubli in die Schranken weisen müssen. Genau genommen war dieser Jemand Bernauer selbst als Staublis Vorgesetzter. Aber er brachte es nicht übers Herz, ihn so kurz vor dem Ruhestand noch zurechtzuweisen – oder er scheute ganz einfach den Konflikt.

Bernauer schob den weißen Vorhang des Fensters zum Parkplatz beiseite und schaute hinaus.

»Nur noch Großvater«, sagte er resigniert. Der goldbraune Opel Ascona C war ein Überbleibsel aus den guten alten Zeiten, als man bei der Kantonspolizei noch mehr auf Komfort setzte als auf Motorenleistung, wie Bernauer fand. Es hatte auch einmal eine Großmutter gegeben. Der VW-Bus T2 hatte allerdings die 500.000er-Revision nur knapp überlebt und musste ein Jahr später schließlich eingeschläfert beziehungsweise verschrottet werden. Seitdem drehte Großvater allein seine Runden und war dem Team ein treuer Begleiter. Dennoch war er bei den Kollegen nicht sehr beliebt, weil er weder über eine Klimaanlage noch Servolenkung verfügte und die Sitze stark durchgesessen waren. Außerdem war das alte Auto mittlerweile sehr teuer im Unterhalt. Aber irgendwie schaffte es Großvater, bei jeder kantonalen Sparübung zu überleben. Insgeheim mochte Bernauer den Wagen, hätte dies aber nie zugegeben, schon gar nicht, wenn seine Kollegen mithörten.

»Wer kommt mit?«, fragte er in die Runde.

Die beiden Kollegen versuchten krampfhaft, nicht in Bernauers Richtung zu sehen. Auch sie wollten nicht weg aus dem warmen und trockenen Büro.

»Gut, dann ist das wieder einmal Chefsache«, sagte Bernauer gereizt. »Und die Hand? Ist die bereits bei der Gerichtsmedizin?«

Ponte und Staubli nickten eifrig im Takt.

»Gut, wann können wir mit Resultaten rechnen?« Bernauer wusste, dass man dem Rechtsmedizinischen Institut manchmal ein wenig Druck machen musste, um nicht Wochen auf eine aufschlussreiche Antwort warten zu müssen.

Ponte zog die Augenbrauen nach oben: »Die haben jemand Neuen. Man konnte mir nicht sagen, wie lange es dauern wird.«

Bernauer verdrehte die Augen. Schon wieder ein neuer Gerichtsmediziner! In den letzten Jahren mussten sie sich alle paar Monate mit einem neuen Gesicht abfinden. Meist waren es Assistenzärzte »auf der Durchreise«, wie Bernauer es für sich nannte. Offensichtlich blieben die wenigsten bei dieser Fachrichtung hängen. Bernauer konnte es ihnen nicht verübeln. Wer wollte schon stundenlang ohne natürliches Licht in einem Keller stehen und Leichen sezieren?

»Sie wird sich bei dir melden«, sagte Ponte.

»Sie?«, fragte Bernauer erstaunt.

»Ja, Frau Doktor …« Ponte suchte in seinen Notizen nach dem Namen. »Bernhard. Doktor Siglinde Bernhard.«

Bernauer schloss die Augen und zog die Brauen nach oben. Seufzend und ohne weitere Worte machte er sich auf den Weg durch die Bürotür Richtung Empfang. Auf der Türschwelle drehte er sich noch einmal zu Ponte um. »Ruf bitte beim Stauwehr an, Miki. Vielleicht hängt der frühere Besitzer der Hand bei denen im Rechen.«

»Einmal den Großvater, bitte«, sagte er zu der jungen, hübschen Dame hinter dem Tresen. Sie nickte kurz, stand auf, ging zum Schlüsselbrett an der hinteren Wand und nahm den einzigen verbliebenen Schlüssel von einem der Haken. Mit einem mitleidigen »Bitte sehr, Herr Bernauer. Bitte hier unterschreiben« übergab sie ihm den Schlüssel.

Er unterschrieb mit einer fahrigen Handbewegung und wandte sich zum Gehen.

»Sie müssten allerdings noch tanken, wenn Sie weiter wegmüssen«, meldete sich die Empfangsdame. »Das hat Herr Staubli irgendwie beim letzten Mal vergessen.«

Wie lange muss dieser Vollidiot noch hier arbeiten? Bernauer hatte Mühe, sich unter Kontrolle zu halten. Er hakte innerlich einen weiteren Tag auf dem imaginären Kalender bis zur Pensionierung von Staubli ab. Dann verließ er schweigend und verärgert den Polizeiposten.

KAPITEL 2

Bernauer nahm den langen Weg durch den Wald über Hermetschwil auf der Mohrentalstraße. So hatte er mehr Zeit, seine Gedanken zu ordnen und sich auf die bevorstehende Tatortbesichtigung und die Einvernahme der Zeugin vorzubereiten. Der Fall schien ihm doch etwas seltsam. Dass eine einzelne Hand gefunden wurde, war ungewöhnlich. Woher kam sie und wo war der Rest des Körpers?

Gedankenversunken parkte Bernauer auf dem Kiesparkplatz vor der Brücke über die Reuss. Die Scheibenwischer des alten Opels taten ihr Möglichstes, um die Wassermassen beiseitezuschieben. Aber auch sie hatten ihre besten Tage hinter sich. Bernauer gönnte ihnen eine Pause und schaltete die Zündung aus.

Er blickte sich im Auto nach einem Schirm um. Im Ablagefach der Beifahrertür wurde er fündig. Er zog einen himmelblauen Knirps aus dem Fach und stieg aus. Sofort öffnete er den Schirm, um nicht augenblicklich klatschnass zu werden. Beim Hinaufschauen hätte er ihn am liebsten gleich wieder geschlossen. »Rosie Staubli's Studio – Ihr Pediküre-Paradies« stand in pinken Lettern quer über den Schirm geschrieben. Allein schon der falsch gesetzte Apostroph trieb Bernauer die Schamesröte ins Gesicht. Dass er zudem unfreiwillig Werbung machte für das Fußpflege-Etablissement von Staublis Frau, war ihm sehr unangenehm. Missmutig stapfte er den Damm entlang flussabwärts.

Schon von Weitem konnte er ein Einsatzfahrzeug der Kantonspolizei erkennen. Unter einem Pavillon standen vier Personen und diskutierten lautstark miteinander. Als sie Bernauer bemerkten, verstummten sie und sahen alle in seine Richtung.

»Bernauer, Kapo Bremgarten«, stellte er sich vor.

Eine Frau löste sich aus der Gruppe und begrüßte ihn. »Guten Morgen, Herr Bernauer. Mein Name ist Fein, ebenfalls Kapo Bremgarten.« Bernauer kannte die Frau vom Sehen. »Und das sind mein Kollege Nauer sowie die Herren Stübi und Meier. Sie sind vom Polizeitaucherteam und aus Aarau angereist.«

Bernauer nickte den Herren zu.

»Schöner Schirm«, meinte einer der beiden Taucher, ohne Bernauer zu begrüßen.

»Vielleicht sollte ich meine aufgeweichten Füße nach dem Tauchen von Ihnen behandeln lassen«, stieg nun auch der andere ein.

»Na, wenigstens haben Sie den Apostroph richtig gesetzt«, lachte der Erste. Bernauer wusste nicht recht, ob er dies ironisch meinte, hatte aber ohnehin genug gehört.

»Wollen Sie sich über meinen Schirm lustig machen oder wird hier heute noch gearbeitet?«, blaffte er die beiden an.

Von der heftigen Reaktion Bernauers überrascht stammelte einer von ihnen: »Ich … wir … Heute wird das wohl nichts mit tauchen. Hat viel zu viel Wasser. Die Sicht ist miserabel und bei der enormen Strömung ist es für uns zu gefährlich – selbst mit der Leine.«

»Das hatten wir gerade diskutiert«, mischte sich Nauer ein. »Bringt wohl nichts. Wir brechen die Zelte ab.«

»Wo wurde die Hand gefunden?«, wollte Bernauer wissen.

»Hier drüben.« Kollegin Fein führte ihn zu der Stelle. »Ist alles aufgeweicht und weggespült. Die Spurensicherung war kurz hier und hat ein paar Fotos gemacht. Verwertbare Spuren waren aber offenbar keine mehr vorhanden.«

Bernauer sah sich kurz um, musste sich aber auch eingestehen, dass hier wohl nichts Brauchbares mehr zu finden war. »Wo ist die Zeugin?«, wollte er wissen.

»Sie wartet im Restaurant Hecht auf Sie«, antwortete die Polizistin. »Bringt ja nichts, sie hier im Regen stehen zu lassen.«

Bernauer kannte den Hecht, wie alle hier aus der Gegend den Landgasthof nannten, gut von seinen Sonntagsspaziergängen mit der Familie. Schon als er selbst noch ein Kind gewesen war, war ein Eisbecher auf der Terrasse des Hechts das Sonntagshighlight an einem schönen Sommertag. Er verabschiedete sich und machte sich auf den Weg zurück. Mühsam stapfte er den aufgeweichten Pfad entlang zum Wagen.

Der Gasthof lag gleich neben dem Parkplatz, auf dem Großvater geduldig auf ihn wartete. Bernauer betrat das Restaurant und schaute sich um. Im großen Schankraum saß eine Frau allein an einem Zweiertischchen und nippte gedankenversunken an einer Tasse Tee. Sie war der einzige Gast. Bernauer ging auf die Frau zu und sprach sie an: »Bernauer, Kapo Bremgarten. Darf ich mich zu Ihnen setzen?«

Die Frau blickte von ihrer Tasse auf und nickte schweigend.

»Name?« Bernauer war selbst überrascht über den schroffen Ton seiner Frage.

Etwas verunsichert sagte die Frau: »Silvia Egger.«

»Frau Egger … Sie haben also die Hand gefunden?«, fragte Bernauer nun etwas einfühlsamer.

»Nicht ich«, erwiderte Silvia Egger, »mein Sohn.«

»Wie heißt Ihr Sohn?«

»Tobias Egger.«

»Und wo ist er jetzt?«, hakte Bernauer nach.

»Im Kindergarten, wo sonst?« Egger machte große Augen und sah ihn fragend an. »Ihre Kollegen haben uns psychologische Betreuung angeboten. Aber wir haben abgelehnt. Wissen Sie, für Tobias ist die ganze Geschichte ein einziges großes Abenteuer. Ich denke nicht, dass er einen Schaden davontragen wird. Wahrscheinlich ist ihm gar nicht richtig bewusst, was die Hand zu bedeuten hat. Und ich möchte ihn in dieser Unwissenheit belassen.« Sie trank hastig einen Schluck Tee.

Bernauer hatte in der Zwischenzeit sein kleines Notizbuch und seinen Druckbleistift hervorgeholt. »Das kleine Schwarze« nannte er es für sich. Er hatte schon immer eine Schwäche für edle Schreibutensilien gehabt. Er notierte sich das Gehörte und fuhr mit der Befragung fort: »Erzählen Sie mir bitte, wie genau Sie … pardon, Ihr Sohn … die Hand gefunden hat.«

Frau Egger überlegte kurz und antwortete dann: »Was soll ich Ihnen sagen? Ich ging mit Tobias und Laika den Dammweg entlang.«

Sie wurden von der Bedienung unterbrochen, die Bernauer nach dessen Wunsch fragte. Er bestellte einen Kaffee Crème und einen Nussgipfel.

»Und Laika ist?«, wollte er von Frau Egger wissen.

»Laika ist unsere Hündin. Sie ist der Grund, warum ich bei diesem Wetter gestern überhaupt nach draußen ging.«

»Sie sagten, Sie gingen den Dammweg entlang. In welche Richtung?«

»Spielt es eine Rolle?«

»Vielleicht … Für die Ermittlungen ist manchmal ein kleines Detail entscheidend.«

»Na gut … Ich parkte den Wagen hier nebenan auf dem Kiesplatz. Dann gingen wir flussabwärts Richtung Dominiloch.«

Die Bedienung brachte den Kaffee und das Gebäck, während Silvia Egger ihre Version der Geschichte erzählte. Bernauer hörte aufmerksam zu, machte sich Notizen und stärkte sich. Ohne Kaffee schaffte er es nur schwerlich durch den Tag und bekam spätestens nach dem Mittag Kopfschmerzen.

»Was haben Sie nach dem Fund mit der Hand gemacht?«

»Nichts. Um ehrlich zu sein, musste ich mich erst mal übergeben und brauchte einen Moment, um wieder klar denken zu können. Nachdem ich mich vom ersten Schock erholt hatte, habe ich meinen Sohn angeschrien, er solle sie sofort fallen lassen. Er ist erschrocken, weil ich ihn sonst eigentlich nie so anherrsche, und hat die Hand vor sich auf den Boden geworfen. Dann habe ich ihn von ihr weggezerrt. Ich wollte nicht, dass er sich irgendeine Infektion oder so holt. Wir beide starrten das Ding ein paar Minuten wortlos an. Ich habe Tobias zu erklären versucht, dass er nichts falsch gemacht habe, dass es aber besser sei, die

Polizei anzurufen. Das habe ich dann auch gemacht. Nach etwa einer halben Stunde kamen Ihre Kollegen und nahmen die Hand mit. Ich solle mich zur Verfügung halten und heute hier erscheinen.«

Als Familienvater konnte sich Bernauer vorstellen, dass die Situation für Frau Egger nicht einfach war. Er wollte die Frau erlösen und das Gespräch schnellstmöglich beenden: »Besten Dank für Ihre Schilderungen, Frau Egger. Bitte halten Sie sich weiterhin zur Verfügung. Wir haben vielleicht noch weitere Fragen an Sie.«

Nach einer kurzen Pause, in der sie Bernauer müde anstarrte, fragte sie: »Haben Sie schon etwas herausgefunden?«

»Das darf ich Ihnen leider nicht sagen. Aber wir stehen erst am Anfang unserer Ermittlungen.« Mit diesen Worten erhob sich Bernauer und reichte der Frau die Hand. »Auf Wiedersehen, Frau Egger. Nochmals danke für Ihre Auskünfte.«

Er ging zum Tresen, um zu bezahlen.

»Geht aufs Haus«, rief die Bedienung aus der Küche.

»Alles klar, danke«, sagte Bernauer und legte einen Zehn-Franken-Schein auf die Anrichte. Er hatte keine Lust auf die Diskussionen mit seinem Chef über Bestechung im Dienst und das geltende Spesenreglement.

KAPITEL 3

Draußen goss es immer noch in Strömen. Bernauer blieb einen Moment unter dem Vordach stehen, um sich für den Spurt zu Großvater bereit zu machen. Den Fußpflege-Schirm würde er sicher nicht mehr öffnen.

Da klingelte sein Mobiltelefon. Auf dem Display erschien Pontes Name.

»Pronto«, meldete sich Bernauer. Er hob immer so ab, wenn ihn sein italienischstämmiger Kollege anrief. Und jedes Mal konnte er die leichte Verärgerung darüber in Pontes Stimme hören.

»Fehlanzeige beim Stauwehr«, begann dieser. »Die haben bisher keine Leiche gefunden. Bei der derzeitigen Strömung holen sie die Rechen aber auch nicht oft ein. Der Verantwortliche versprach, sich wieder zu melden, falls sie etwas haben.«

Bernauer zuckte mit den Schultern. Es wäre ein absoluter Glücksfall gewesen, wenn der gesuchte Körper bereits gefunden worden wäre.

Ponte fuhr fort: »Dafür hat sich eine verärgerte Frau bei Staubli gemeldet. Er hat sich natürlich außer der Telefonnummer nichts notiert und konnte mir die Details des Gesprächs nicht sagen. Wann wird er endlich pensioniert?«

Bernauer schwieg. Was sollte er dazu auch sagen?

Ponte nahm den Faden wieder auf: »Die Frau ist offenbar gar nicht erfreut, dass ihr da im Naturschutzgebiet rumstapft.«

»Kümmere dich bitte bei Gelegenheit darum«, antwortete Bernauer, verabschiedete sich und drückte das Gespräch weg. Es kam immer wieder vor, dass selbst ernannte Weltverbesserer ihre Arbeit störten oder gar behinderten, und sei es nur, um Aufmerksamkeit zu erregen und so aus ihrem trostlosen Alltag entfliehen zu können.

Mürrisch machte er kehrt und ging los in Richtung Parkplatz. Da traf ihn etwas hart am Hinterkopf.

Reflexartig duckte sich Bernauer, wie er es bei der Polizeiausbildung gelernt hatte. Deckung suchen, war sein einziger Gedanke. Blitzschnell rollte er auf dem nassen Asphalt des Trottoirs über die linke Schulter ab und hechtete elegant hinter einen Blumentrog, der die Restaurantterrasse vom Gehsteig trennte. Immer noch hinter den Trog geduckt, fasste er sich mit der linken Hand an den Hinterkopf und erschrak. Eine warme, zähe Flüssigkeit lief ihm den Nacken hinab. Blut, dachte er.

Als er die Hand wieder vors Gesicht hielt, war sie allerdings nicht wie erwartet rot, sondern gelb gefärbt. Instinktiv roch er an seiner Hand – nichts. Ganz vorsichtig lugte er hinter dem Trog hervor. Er konnte gerade noch eine schwarz maskierte Gestalt erkennen, die soeben hinter einer Hausecke verschwand. Die Verfolgung aufzunehmen, schien ihm wenig aussichtsreich.

Er rappelte sich auf, klopfte seine Hose ab und schaute sich um. Hinter ihm auf dem Boden lagen ein geplatzter Wasserballon und ein Zettel. Er hob das Papier auf. In gedruckten Großbuchstaben las Bernauer:

NATURSCHUTZGEBIET DER NATUR! EINDRINGLINGE RAUS!

FMR

Er schüttelte den Kopf ob dieser Nachricht. Und fragte sich gleichzeitig, wer oder was FMR sein konnte. Er fand auf die Schnelle keine Antwort und ging zurück zu Großvater.

Im Wagen angekommen, wählte er Pontes Nummer.

»Ich bin's. Ich wurde gerade Opfer eines Farbangriffs.«

Bernauer schilderte Ponte das Erlebte.

»Weißt du, wer oder was FMR sein könnte?«

»Keine Ahnung. Noch nie gehört. Ich kann mich aber mal schlaumachen. Übrigens: Die Frau Doktor Bernhard hat sich gemeldet. Du sollst am besten gleich bei ihr im Institut vorbeikommen.«

»In Ordnung. Mal sehen, was sie rausgefunden hat.«

Bernauer startete den Motor und fuhr los.

KAPITEL 4

Er ließ sich vom Lift nach unten bringen. Im Institut nahm er nie die Treppe. Schon ein paarmal war ihm beim Anblick einer Leiche schlecht geworden und die Knie hatten nachgegeben. Dieses Gefühl stellte sich mittlerweile schon beim Betreten des Instituts ein, auch wenn er noch keine Leiche zu Gesicht bekommen hatte, und einen Treppensturz wollte er auf jeden Fall vermeiden. Er wollte auf eigenen Beinen wieder nach oben gehen und nicht unten aufschlagen und dann zum nächsten Übungsobjekt von Assistenzärzten werden. Zudem hing im Lift ein Spiegel, und sich selbst tief in die Augen zu schauen, half Bernauer in der Regel, aufkommende Übelkeit zu bekämpfen; nicht nur in der Gerichtsmedizin, sondern auch nach einem Ausgang, bei dem er über die Stränge geschlagen hatte.

Die Lifttür öffnete sich und Bernauer betrat den mit Neonröhren beleuchteten Flur. Wie immer, wenn er hier unten war, kamen ihm zwei Fragen in den Sinn, die ihm bisher niemand schlüssig beantworten konnte. Erstens: Warum befinden sich die Sezierräume der Gerichtsmedizin immer im Untergeschoss? Und zweitens: Warum sind die Räume und Flure weiß gekachelt wie in einem Schlachthof? In Schlachthöfen fließt sehr viel Blut, da leuchtet es ein, wenn man die Wände mit Wasser abspritzen kann, aber in der Gerichtsmedizin? Tote bluten in der Regel nicht extrem. Zumindest spritzt das Blut nicht fontänenartig an die Wände. Warum also die Kacheln? Bernauer beantwortete für sich beide Fragen mit der von ihm vermuteten Abscheu der Gerichtsmediziner vor direktem Sonnenlicht und ihrer Vorliebe für Hochdruckreiniger.

Bernauer war unschlüssig, welche Richtung er einschlagen sollte. Da hörte er aus einer Tür links den Gang runter eine Frauenstimme in reinstem Hochdeutsch rufen: »Herr Bernauer? Hier drüben.«

Er hatte plötzlich noch weniger Lust auf das Gespräch. Auf das Schlimmste gefasst streckte er vorsichtig seinen Kopf durch die Tür, aus der die Stimme gekommen war.

Doktor Bernhard erwartete ihn mit einem gewinnenden Lächeln. Bernauer war sprachlos. Er hatte eine junge Assistenzärztin erwartet. Stattdessen war Siglinde Bernhard Mitte 50. Ihr kurz geschnittenes, grau meliertes Haar und der ein bisschen zu enge Kittel verliehen ihr etwas Strenges.

»Ich bin die Sigi.« Sie streckte Bernauer die Hand entgegen.

Dieser erwiderte den Gruß und stammelte: »Stephan Bernauer … freut mich«, obwohl es das nicht tat. Aber angenehm wäre noch vermessener gewesen.

»Wieso so förmlich?«, fragte die Ärztin. »Na ja, Sie müssen die Form in Ihrem Beruf halt schon ein bisschen bewahren, nicht wahr?«

Bernauer war zu verdutzt, um etwas zu erwidern.

»Immerhin sind unsere Nachnamen fast identisch. Ich würde sagen, das verbindet«, fuhr sie fort.

Bernauer starrte sie fassungslos an.

»Egal, zur Sache.« Doktor Bernhard wies mit der Hand auf eine Tür hinter sich. Bernauer ging zwei Schritte auf die Tür zu, überließ ihr dann aber den Vortritt. Man wusste schließlich nie, was einen hier unten erwartete. Als sie durch die Tür schritten, war er zunächst beruhigt. An der gegenüberliegenden Wand waren die Kühlfächer für die Toten angebracht und alle waren verschlossen.

»Wie sehen Sie denn eigentlich aus?«, wollte sie unvermittelt wissen.

Erst jetzt wurde Bernauer bewusst, dass er sich die gelbe Farbe noch gar nicht vom Kopf gewischt hatte. Die Stelle, an der der Ballon aufgeprallt war, schmerzte zwar noch ein wenig, aber nicht derart, dass es Bernauer gestört hätte. Und so hatte er es versäumt, sich zu waschen.

»Ach das … ein kleiner Betriebsunfall. Nicht der Rede wert.«

»Soll ich das behandeln?«

»Lassen Sie mal.« Das wäre ja noch schöner, dachte Bernauer, wenn er sich von einer Leichenfledderin verarzten ließe. Er stand etwas unschlüssig im Raum herum.

»Mal sehen …«, sprach Doktor Bernhard nachdenklich und ging mit dem Zeigfinger der rechten Hand eine Liste durch, die neben der Tür an der Wand befestigt war. »Ah, hier. Fach Nummer 7.« Sie drehte sich um und ging entschlossenen Schrittes auf das Fach mit der entsprechenden Nummer zu. Sie öffnete die Klappe und zog eine Schublade aus der Öffnung. Auf der langen Lade lag nicht etwa eine Leiche, sondern nur die Hand, die der kleine Tobias einen Tag zuvor an der Reuss gefunden hatte. Am kleinen Finger war an einem dünnen Schnürchen eine Etikette befestigt.

»Hier ist Ihr ›eiskaltes Händchen‹.« Sigi Bernhard prustete vor Lachen. Bernauer konnte wieder nichts sagen. Was war bloß mit dieser Frau los? Bernhard deutete Bernauers Schweigen allerdings falsch und erklärte: »Wie in der ›Addams Family‹, verstehen Sie?«

»Wenn wir nicht bald ernst werden, rufe ich Lurch und der bugsiert Sie unzimperlich aus Ihrem gemütlichen Büro hier unten.« Bernauer musste innerlich schmunzeln ob dieses seiner Meinung nach sehr gelungenen Konters, ließ sich aber äußerlich nichts anmerken.

Etwas verschnupft nahm Doktor Bernhard zwei Vinylhandschuhe aus ihren Manteltaschen, streifte sich diese über und hob das Fundstück sachte hoch. Langsam drehte sie die stark aufgeschwemmte Hand vor ihrem und Bernauers Kopf. Seltsamerweise hatte Bernauer dieses Mal keine Mühe mit der Übelkeit. Die Sache war so abstrakt, dass er die Hand in Gedanken nicht direkt mit einer Leiche in Verbindung brachte. Sie war vielmehr ein Objekt, das ihnen hoffentlich Hinweise auf das Opfer oder gar die Täterschaft gab.

Siglinde Bernhard begann ihren Vortrag: »Wir haben es hier mit der rechten Hand eines Menschen zu tun.«

»Na immerhin, sonst hätte ich nebenan bei den Veterinären klingeln müssen«, unterbrach sie Bernauer. Und sogleich ärgerte er sich über sich selbst, war er doch seinerseits nun nicht ernsthaft bei der Sache.

Er erntete denn auch einen genervten Blick der Ärztin, die fortfuhr: »Herr Bernauer. Ich bitte Sie! Ich versuche Ihnen hier meine Erkenntnisse zu vermitteln. Ich dachte, wir können das mit gegenseitigem Respekt tun. Falls Sie kein Interesse haben, ich habe noch andere Kunden, die ebenfalls meine Aufmerksamkeit verlangen.« Dabei zeigte sie mit einer saloppen Bewegung auf die Wand mit den Kühlfächern.

»Schon gut«, erwiderte Bernauer. »Fahren Sie bitte fort«.

»Also, wie schon gesagt, Sie sehen hier die rechte Hand eines Menschen. Vom Verwesungszustand her würde ich sagen, sie lag ein bis zwei Jahre im Wasser. Es ist allerdings sehr schwierig, das genau abzuschätzen. Aber mindestens zwölf Monate werden es schon gewesen sein. Wir haben die Hand geröntgt.«

»Können Sie etwas über das Alter der Leiche sagen?« Bernauer hatte einmal gelesen, dass man aufgrund der Handknochen das Lebensalter eines Menschen bestimmen konnte.

»Anhand der Handknochen kann man in der Tat herausfinden, wie alt jemand ist. Die Bestimmung des Alters funktioniert aber nur bei Jugendlichen bis etwa 20 Jahre. Und die Methoden sind mittlerweile recht umstritten. Die gesuchte Person war aber ausgewachsen. Das erkennt man daran, dass die Knochen alle voll ausgebildet sind. Bei Mädchen ist dies etwa mit 14 Jahren der Fall, bei Jungen etwa mit 16 Jahren. Aufgrund der Feingliedrigkeit der Knochen würde ich auf eine Frau tippen. Das kann ich aber nicht mit Sicherheit bestimmen. Dafür müsste ich zuerst einen DNA-Test machen. Zusammenfassend kann ich zum jetzigen Zeitpunkt sagen, dass die Hand vermutlich einer Frau gehört beziehungsweise gehört hat und dass sie älter als 20 Jahre sein muss – oder gewesen sein muss. Da die Knochen und Knorpel noch gut erhalten sind und ich keine Abnützungserscheinungen oder degenerative Krankheiten wie beispielsweise Arthrose feststellen kann, würde ich das Alter auf unter 50 Jahre schätzen.« Sie legte die Leichenhand zurück in die geöffnete Schublade.

»Interessant sind auch die Ränder am Handgelenk«, erklärte sie weiter. »Zum einen sehen wir hier deutliche Spuren von Einschnitten. Das Handgelenk muss also irgendwo straff festgebunden worden sein. Es deutet einiges auf ein dünnes Stahlseil hin. Sehen Sie hier diese quer verlaufenden Rillen?«

Bernauer beugte sich ein wenig vor, konnte aber nicht wirklich etwas erkennen. »Mmhmhh«, machte er trotzdem.

»Das führt mich zu meiner Vermutung, dass der Rest des Körpers ebenfalls im Wasser liegt oder lag. Es sind am Handgelenk Verfärbungen erkennbar, die von Rost herrühren, was wiederum den Schluss nahelegt, dass das Stahlseil auch längere Zeit im Wasser gewesen sein muss. Also entweder war nur die Hand im Wasser mit einem Stahlseil irgendwo festgebunden, was mir doch reichlich unwahrscheinlich erscheint, oder aber die Leiche war an mindestens diesem Handgelenk im Wasser befestigt.« Doktor Bernhard setzte ein triumphierendes Lächeln auf. »Und noch etwas ist interessant: Hier ganz am Rand sind die Reste eines Tattoos erkennbar. Wahrscheinlich ein Runenmuster ums Handgelenk. Offenbar war unsere Leiche tätowiert, zumindest am Handgelenk. Das Tattoo war noch nicht sehr ausgebleicht, kann also nicht sehr alt gewesen sein.«

Jetzt ist es also schon »unsere« Leiche, dachte Bernauer resigniert und fasste zusammen: »Wenn ich Sie recht verstehe, haben wir es hier mit der Hand einer weiblichen Leiche zu tun. Sie lag länger als ein Jahr im Wasser. Die Frau war tätowiert und vermutlich zwischen 20 und 50 Jahre alt. Das eher frische Tattoo lässt auf eine jüngere Person schließen, wenn aber natürlich nicht ausgeschlossen werden kann, dass sich auch eine ältere Frau noch zu einem Tattoo entschließt.«

»Sie haben das richtig erfasst, Herr Bernauer.« Siglinde Bernhard streifte die Handschuhe ab und streckte ihm ihre Hand hin. Offenbar erachtete sie ihr Gespräch als beendet, was ihn etwas aus dem Konzept brachte. »Schauen Sie mich nicht so entgeistert an. Diese Hand lebt noch. Auf Wiedersehen, Herr Bernauer. Hoffentlich auf bald.«

Bernauer schüttelte ihre Hand mechanisch und verabschiedete sich fahrig. Den Weg zum Lift fand er zu seinem eigenen Erstaunen ohne Probleme. Im Liftspiegel sah er sich zum ersten Mal die Bescherung an, die der Farbbeutel angerichtet hatte. Ein verschmierter gelber Fleck breitete sich fast über den gesamten Rücken aus. Hoffentlich geht das wieder raus, dachte Bernauer. Endlich hatte er eine Jacke nach seinen Vorstellungen gefunden und die sollte ihren Dienst jetzt ein paar Jährchen tun, denn er hasste Einkaufen und noch mehr mit seiner Frau, die ihn immer dazu drängte, mehrere Modelle anzuprobieren, obwohl doch das erste schon passte. Für ihn war Onlineshopping ein Segen.

Mit einem Ruck hielt der Lift an. Als er ausgestiegen war, rief Bernauer mit seinem Smartphone im Büro an. Ponte meldete sich.

»Kapo Bremgarten, Pronto.«

Bernauer wusste, dass Ponte diese Art der Begrüßung nur wählte, weil er Bernauers Nummer auf dem Display gesehen hatte, und verzichtete auf eine Maßregelung.

»Ich bin's. Ich komme gerade aus der Gerichtsmedizin.«

Er berichtete in knappen Worten von seinen und Doktor Bernhards Erkenntnissen und bat Ponte, in der Vermisstendatenbank nach einer Frau mit dem entsprechenden Signalement zu suchen.

»Wird aber eine Zeit dauern«, entgegnete Ponte. »Staubli ist schon im Feierabend und ich weiß nicht, ob ich das heute noch alleine schaffe.«

»Mach, was sich machen lässt«, beendete Bernauer das Gespräch.

Er fuhr den Opel zurück zum Posten und schwang sich direkt auf sein Rad, ohne vorher noch einmal im Büro vorbeizuschauen. Er wollte möglichst rasch nach Hause gelangen. Er merkte erst jetzt, wie hungrig er war. Und wenn er Hunger hatte, musste es schnell gehen. Eilig machte er sich durch den stärker werdenden Regen auf den Weg.

KAPITEL 5

Nach einem solchen Tag wollte Bernauer einfach nur noch nach Hause kommen, die Füße hochlegen und eine debile Fernsehsendung einschalten, um dann langsam wegzudösen. Diese Vorstellung hatte er bereits nach der Heirat, spätestens aber nach der Geburt seiner ersten Tochter abschreiben und gedanklich auf die Zeit nach seiner Pensionierung verschieben müssen.

Seinen Fünfgänger stellte er stets auf den zweiten Parkplatz in der Tiefgarage. Diesen hatten seine Frau und er beim Bezug der Wohnung dazugemietet. Damals hatten sie noch zwei Autos gehabt. Den Parkplatz behielten sie auch noch, als Bernauer seinen Wagen vor Jahren verkaufte. Sie hatten es immer verpasst, den Platz zu kündigen. Und so diente er Bernauer als komfortabler, privater Veloparkplatz.

Wie jeden Abend steckte Bernauer den Schlüssel in die dafür vorgesehene Säule oben an der Straße und öffnete damit das unten an der Rampe gelegene Schiebetor der Tiefgarage. Große, schwere Regentropfen fielen von Bernauers Kapuze auf den Lenker. Er wartete, bis die Ampel auf Grün schaltete, und trat in die Pedale.

Und jetzt noch die Bernauer-Schikane – jaaa, das sieht vielversprechend schnell aus. Das Sommertraining zahlt sich offenbar aus. Jetzt der Steilhang – sensationell gefahren. Bernauer biegt auf die Zielgerade ein. Nur ein Wunder kann ihn jetzt noch vom Sieg in Rekordzeit abhalten. Noch ein paar Pedalumdrehungen und …

Nur eine Vollbremsung verhinderte einen Zusammenstoß und riss Bernauer in Nullkommanichts aus seinen Rennfahrer-Fantasien. Das Heck seines Rads kam ins Schlingern, und nur mit Glück und dem Aufbringen all seines Könnens gelang es ihm, einen Sturz zu vermeiden.

Auf seinem Parkplatz stand ein in eine graue Plastikplane gehülltes Ungetüm.

Bernauer stieg vom Rad und blieb wie angewurzelt stehen.

»Na, Herr Polizist?«, tönte eine Stimme hinter der Plane. »Bestaunen Sie meine neueste Errungenschaft?«

Bernauer verdrehte die Augen. Stöckli! Oder wie Bernauer ihn insgeheim nannte: Nachbar des Grauens. Womit hatte er das heute verdient? Nicht nach so einem Tag. Er wollte doch nur seinen wohlverdienten Feierabend genießen, und nun das!

»Guten Abend, Herr Stöckli«, brachte er seufzend hervor.

Wie auf Kommando richtete sich Stöckli hinter der Plane auf.

»Aber, aber, Herr Nachbar«, entgegnete er, »Sie wissen doch, dass Sie mich Albert nennen können.«

Ja, mit zwei a, dachte Bernauer.

Stöckli war Ende 40, groß und schlank. Sein bereits grau meliertes Haar trug er mittellang und zurückgekämmt. Bernauer musste zugeben, dass Stöckli immer sehr gut gekleidet war, eine Eigenschaft, die er von sich selbst nicht behaupten konnte. Bernauer fragte sich oft, wie Stöckli sich die teuren Markensachen leisten konnte. Allerdings wusste er nur, dass Stöckli bei einer Versicherungsgesellschaft arbeitete. Was er dort genau trieb, hatte er bisher nicht herausgefunden.

»Den Jaguar E-Type habe ich heute erstanden.« Stolz tätschelte der Nachbar die Plastikplane. »War nicht ganz billig. Aber Sie wissen ja: Das letzte Hemd hat keine Taschen. Da gönnt man sich schon mal etwas.«

Bernauer kochte innerlich. Nicht genug, dass Stöckli seinen Parkplatz in Beschlag nahm. Er musste auch noch mit seiner Protzkarre angeben.

»Warum steht Ihr Wagen auf meinem Parkplatz?«

»Den brauchen Sie ja gar nicht, Bernauer. Der steht ja immer leer und sonst sind hier in der Tiefgarage alle Plätze vermietet.«

»Wie bitte?« Bernauer konnte es nicht fassen.

»Ist ja nicht für lange«, erklärte Stöckli. »Ich habe da schon etwas Festes in einer vollklimatisierten Garage in Aussicht. Dauert höchstens ein paar Tage. Bis dahin können Sie Ihr Fahrrad doch dahinten beim Lavabo an den Pfosten lehnen.«

Mit diesen Worten und einem jovialen Grinsen machte Stöckli rechtsum kehrt und verschwand in der Tür zum Treppenhaus. Bernauer blieb geschockt zurück.

Er versicherte sich, dass Stöckli außer Sichtweite war, hob die Plane über der rechten Vordertür etwas an und warf seinen Fünfgänger mit Schmackes gegen den Jaguar. Das Velo blieb an den Wagen angelehnt stehen.

Er wandte sich ab und ging ebenfalls zum Treppenhaus. Diesmal zierte das Lächeln *sein* Gesicht.

KAPITEL 6

Bernauer saß am Küchentisch und nippte an einem Löffel Himbeerjoghurt. Er hatte sich angewöhnt, nur etwas Kleines zu frühstücken und dann um 9 oder 10 Uhr nochmals etwas zu essen, als Belohnung für die überstandenen ersten Stunden des Arbeitstages sozusagen. So früh am Morgen und auf leeren Magen musste er sein Joghurt langsam essen, sonst wurde ihm schlecht. Geistesabwesend starrte er aus dem Fenster. Der Regen hatte nicht nachgelassen. Die Platanen im Hof trieften vor Nässe, und Bernauer wurde das Gefühl nicht los, sie bögen sich ob des schlechten Wetters zum Boden hin wie deprimierte Alte bei der Beerdigung eines einstigen Klassenkameraden.

»Alive« von Pearl Jam ertönte aus dem Schlafzimmer in voller Lautstärke. Bernauer erschrak. Er musste vergessen haben, sein Telefon in den Flugmodus zu schalten, als er gestern todmüde ins Bett gesunken war. Seine Frau genoss noch ihren wohlverdienten Schlaf und wurde womöglich durch Bernauers Smartphone geweckt. Blitzschnell sprang er auf und sprintete den Flur entlang Richtung Schlafzimmer. Auf der Höhe des Zimmers seiner jüngeren Tochter Sophie stolperte er über eine ungeschickt platzierte Sporttasche, touchierte mit der linken Schulter den Türrahmen, vollführte eine Vierteldrehung nach links und fiel mit voller Wucht rückwärts auf den Parkettboden. Ein stechender Schmerz breitete sich in seinem Steißbein aus und er sah gleißende Blitze vor seinem inneren Auge.

»Oh, she walks slowly across a young man's room«, plärrte Eddie Vedder weiter.

Auf allen vieren kroch Bernauer ins Schlafzimmer und kriegte sein Mobiltelefon auf dem Nachttisch zu fassen. Er nahm den Anruf entgegen und hechtete aus dem Zimmer. Kathrin wälzte sich auf die andere Seite und murmelte etwas Unverständliches.

»Moment«, flüsterte Bernauer in sein Telefon. Der Schmerz ließ ihn nur gekrümmt gehen. In der Küche angekommen schloss er die Tür, versuchte sich gerade hinzustellen und meldete sich: »Wer stört?«

»Pronto, Capo!« Ponte war frühmorgens immer bestens aufgelegt. Bernauer war dies ein absolutes Rätsel.

»Was gibt's, dass du mich mitten in der Nacht weckst?«

»Na, hör mal! Es ist halb acht! Und außerdem habe ich gute Neuigkeiten.«

»Und die wären?«, fragte Bernauer missmutig.

»Ich weiß jetzt, wer unsere Leiche ist, pardon, wem die Hand gehörte.«

Sofort war Bernauer hellwach. Die Schmerzen waren augenblicklich verflogen. Mit dem Smartphone noch am Ohr hastete er zur Haustür, schnappte sich seine Jacke vom Haken und verließ die Wohnung. »Hör zu, Michelangelo. Ich bin in zehn Minuten im Büro. Dich und Staubli treffe ich im Sitzungszimmer. Bis gleich.«

KAPITEL 7

Genau acht Minuten später betrat Bernauer das Sitzungszimmer.

»Meine Herren, guten Morgen! Was haben wir?«

In solchen Situationen genoss es Bernauer, Chef zu sein. Er liebte es, seine Leute die Fakten vortragen zu lassen und dann die verschiedenen Fäden zu einem großen Ganzen zu verknüpfen und die – hoffentlich richtigen – Schlüsse zu ziehen.

Ponte und Staubli wussten das, hielten sich in solchen Situationen eher zurück und überließen Bernauer das Kommando; Ponte aus Respekt, Staubli aus Mangel an guten Beiträgen seinerseits.

Als Bernauer eine Weile nichts sagte, begann Ponte dennoch: »Die Hand gehörte mit großer Wahrscheinlichkeit Cornelia Schaufelberger. Sie wird seit gut zwei Jahren vermisst.«

»Was wissen wir über sie?«, hakte Bernauer nach.

»Zum Zeitpunkt ihres Verschwindens war sie 25 Jahre alt«, meldete sich nun Staubli zu Wort.

Ponte warf ihm einen zuerst verdutzten, dann wütenden Blick zu. Ponte hatte heute früh die ganze Recherchearbeit geleistet. Staubli war erst kurz nach sieben dazugekommen und hatte die Details von Ponte erfahren. Er fuhr Staubli nun dazwischen: »Zum Zeitpunkt ihres Verschwindens lebte sie noch bei ihren Eltern in Zufikon. Die wohnen immer noch dort. Von Beruf war sie freischaffende Künstlerin.«

Bernauer insistierte: »Und wie kommt ihr auf sie?«

»Sie war die Einzige in der Vermisstenkartei mit einem Tattoo am Handgelenk. Vom Alter her könnte es auch etwa hinkommen. Außerdem stammt sie aus der Nähe, was allerdings nichts heißen muss.«

Sie wussten alle drei nur zu gut, dass Opfer von Gewaltverbrechen manchmal weit von ihrem Wohnort entfernt aufgefunden wurden, obwohl die Tat selbst häufig in unmittelbarer Umgebung ihres Lebensmittelpunkts begangen wurde.

»Gute Arbeit, Michelangelo«, lobte Bernauer.

»Ja, gute Arbeit«, ergänzte Staubli.

Ein tiefer Seufzer, begleitet von einem Augenrollen, war das Einzige, was Ponte dazu zu sagen hatte. Staubli wurde langsam unerträglich.

»Trotzdem«, warf Bernauer ein, »solange wir keine Leiche finden, die zur Hand passt, oder keinen DNA-Abgleich haben, wissen wir nicht mit Sicherheit, ob die Hand Cornelia Schaufelberger gehört hat. Und selbst wenn der DNA-Abgleich ein Treffer wäre, könnte es sein, dass sie noch am Leben ist.«

Bernauer erntete nachdenkliches Nicken.

»Gut, also dann, auf geht's, Männer: Michelangelo, du kommst mit mir zu den Eltern von Cornelia Schaufelberger! Staubli, du kümmerst dich um den DNA-Abgleich! Wir versuchen, dir eine Probe mitzubringen.«

Bernauer nannte Othmar Staubli stets bei seinem Nachnamen. Warum, konnte er nicht sagen. Es hatte sich irgendwie so eingeschliffen.

Bevor Bernauer jedoch weitere Ermittlungen anstellen oder solche in Auftrag geben konnte, musste er ein schwieriges Telefonat erledigen.

KAPITEL 8

»Huber!«

Die sonore, aber sehr resolute Stimme des Staatsanwalts ließ Bernauer unwillkürlich zusammenzucken. In den vergangenen Jahren hatten die beiden bereits einige Fälle zusammen bearbeitet; und die meisten davon gelöst. So war mit der Zeit ein relativ enges Verhältnis entstanden. Dennoch war Friedrich Huber in seiner Funktion als Ermittlungsführer rein formal gesehen Bernauers Vorgesetzter.

Der Polizist berichtete in knappen Worten vom aktuellen Fall und machte sich beim Erzählen Gedanken darüber, wie er es hinkriegen könnte, dass Huber sich möglichst wenig in Bernauers Arbeit einmischte. Er hatte während seiner Dienstzeit ein gutes Gespür dafür entwickelt, zum richtigen Zeitpunkt die richtigen Ermittlungsschritte zu unternehmen und dabei behutsam, aber gezielt vorzugehen. Da konnte er nicht ständig jemanden gebrauchen, der meinte, sagen zu müssen, was er zu tun oder zu lassen habe. Am schlimmsten wäre für Bernauer gewesen, wenn ein neuer, junger Staatsanwalt den Fall übernehmen würde. Die übereifrigen Studienabgänger nahmen häufig alles sehr genau, aus Angst, einen Fehler zu begehen. Es kam dann nicht selten vor, dass Bernauer und seine Kollegen beispielsweise ein bereits protokolliertes Verhör aufgrund eines Formfehlers noch einmal durchführen mussten. Das trug natürlich nicht zum Vertrauen bei, welches aber gerade in Bernauers Beruf essenziell war. Er ließ sich in den Verhören gerne von seinem Instinkt leiten und entlockte den Verdächtigen dadurch oft das eine oder andere Detail, so manche Ungereimtheit in der Argumentationskette. Musste dann ein Verhör noch einmal durchgeführt werden, war die Dynamik im Gespräch nicht mehr dieselbe und der Wortlaut war manchmal in den entscheidenden Passagen anders als bei der ersten Version. Es kam sogar vor, dass ein Geständnis in der zweiten Runde widerrufen wurde.

»Bernauer, alter Schnüffler«, riss Staatsanwalt Huber ihn aus seinen Gedanken. »Den Fall kenne ich bereits.« Huber war trotz seiner vollen Agenda stets sehr gut informiert und schien sämtliche Dokumente zu lesen, die auf seinem Schreibtisch landeten. Eine Eigenschaft, die Bernauer aufrichtig bewunderte. Bei ihm selbst stapelten sich die Dossiers teilweise monatelang. In einer Weiterbildung zum Thema »Selbstmanagement« hatte Bernauer einmal gelernt, dass Papier stehen und nicht liegen solle, sprich es gehöre in Ordner oder sonst entsorgt. Leider schien das Papier in Bernauers Büro stinkfaul zu sein und hielt nichts vom Stehen.

»Bernauer, wir machen das wie immer«, fuhr Huber fort. »Sie machen Ihre Arbeit, und wenn irgendetwas ist, kennen Sie ja meine Handynummer. Ich decke Sie in der Zwischenzeit, lasse Ihnen freie Hand und genehmige, was Sie für richtig halten. Im Gegenzug erwarte ich einen exzellenten Schlussbericht.«

Und brüste mich mit dem hoffentlich eintretenden Erfolg, dachte Bernauer. Stattdessen sagte er: »Das machen wir so. Besten Dank, Herr Huber, und bis demnächst.«

Bernauer vermutete, dass Huber den letzten Satz nicht mehr mitbekam, denn aus dem Off wurden Stimmen laut und Huber wandte sich anscheinend den anderen Personen zu.

Auch egal, dachte Bernauer. »Machen wir uns an die Arbeit!«

KAPITEL 9

Bernauer und Ponte fuhren in dessen Alfa nach Zufikon. Das Haus der Schaufelbergers lag etwas außerhalb in der Nähe der Kirche. Es war ein ehemaliges Bauernhaus mit einer angebauten Scheune. Sie fuhren auf den großen Kiesplatz vor dem Haus und stiegen aus. Der Platz war vom Regen aufgeweicht und Ponte fuhr ruckartig Schlangenlinien, um nicht in eines der zahlreichen Schlaglöcher zu geraten.

»Original italienische Felgen«, kommentierte er, als er Bernauers strafenden Blick einfing. »Kosten ein Vermögen.«

Beim Verlassen des Fahrzeugs stieg ihnen ein modriger, staubiger Geruch in die Nase, wie er alten Bauernhäusern eigen ist. Die Tür zum Haupthaus lag erhöht und konnte nur mittels Treppen links und rechts der Tür erreicht werden. Die Stufen waren ausgewaschen und abgenützt von den unzähligen Schuhen, die sie über Jahrzehnte oder gar Jahrhunderte betreten hatten. Glücklicherweise war über der Tür ein kleines Vordach angebracht, das Besucher vor dem Regen schützte. Das Ausgussrohr entließ Schwälle von Wasser über das Treppengeländer hinaus auf den Kiesplatz. Dort, wo das Wasser normalerweise auftraf, war eine Vertiefung mit gröberen Steinen angelegt worden. Die Wassermassen schossen aber über das Ziel hinaus und fraßen sich unaufhaltsam in den Erdboden jenseits des Loches. Die beiden Polizisten hasteten die Sandsteinstufen der rechten Treppe hinauf. Oben angekommen, blieb Bernauer abrupt und unschlüssig stehen.

»Was ist los?«, wollte Ponte wissen, der beinahe mit Bernauer zusammengestoßen wäre.

»Seltsam … Schau dir einmal die Klingelschilder an.«

Tatsächlich war auf allen fünf untereinander angebrachten Schildern jeweils nur ein Buchstabe aufgeführt. »YNNOC«, las Ponte von oben nach unten. »Was soll das denn sein?«

Bernauer zuckte mit den Schultern und drückte kurz entschlossen alle Klingelknöpfe nacheinander.

Zunächst tat sich nichts. Bernauer wollte schon erneut klingeln, als sie im Haus Schritte hörten. Kurz darauf öffnete eine hagere ältere Frau die Tür.

»Sie wünschen?«

»Grüezi, Frau Schaufelberger?«

»Ja, die bin ich.«

»Mein Name ist Stephan Bernauer von der Kantonspolizei Bremgarten, und das ist mein Kollege Michelangelo Ponte.«

»Wie der Maler«, bemerkte Frau Schaufelberger.

»Wie der Maler«, bestätigte Ponte.

Bernauer schaute verwirrt, was Ponte nicht entging.

»Michelangelo, der Maler«, klärte er seinen Chef auf. »Sixtinische Kapelle und so. Schon mal gehört?«

»Ach so, jaja«, erwiderte dieser.

»Zur Sache«, wandte sich Bernauer wieder Frau Schaufelberger zu. »Sie haben Ihre Tochter vor etwas mehr als zwei Jahren als vermisst gemeldet.«

»Ist sie tot?« Die Frau starrte Bernauer mit einer Mischung aus Trotz und Gefasstheit an.

»Könnten wir drinnen weiterreden, Frau Schaufelberger?«, fragte der Polizist.

»Ja, sicher. Bitte kommen Sie herein.«

Sie wandte sich um und verschwand im dunklen, schmalen Flur.

Drinnen roch es ähnlich wie draußen. Hier aber war das Staubige dominanter als das Modrige. Im Gang war ein abgetretener Läufer ausgelegt, der wahrscheinlich einmal ein farbiges Muster gezeigt hatte. Nun war an den meisten Stellen nur noch der Leinwandstoff zu sehen.

Der sonst schon enge Korridor wurde durch eine uralte Kommode und ein ebenso altes Beistelltischchen aus Holz noch schmaler. Die beiden Polizisten mussten aufpassen, nichts umzustoßen, und waren froh, als sie linkerhand eine Tür erreichten, die ins Wohnzimmer führte. Auch das war dunkel und altmodisch eingerichtet. Die den Raum beherrschende Eichenwohnwand mit Butzenfenstern erschlug den Betrachter beinahe. Auf den Schubladenstöcken ganz unten hatte jemand vermutlich schon vor Jahrzehnten hässliche Häkeldeckchen drapiert. Neben Zinnkrügen und Fensterdekorationen aus Glas von irgendwelchen Schützenfesten waren ein paar wenige Fotos in klobigen, goldenen Rahmen aufgestellt. Eines zeigte eine Familie mit Vater, Mutter und einem etwa zehnjährigen Kind, vermutlich Familie Schaufelberger vor etwa 15 Jahren. Häkeldeckchen waren auch auf den Sofa-Arm- und -Rückenlehnen zu finden. Die Sitzmöbel stammten wohl aus den 50ern. Die Rahmen waren aus demselben Eichenholz gefertigt wie die Wohnwand und die Sitzflächen aus diesem ribbeligen Stoff, den Bernauer nicht beim Namen kannte. Eiche war offenbar beliebt bei den Schaufelbergers. Denn auch der massive Esstisch und die Stühle waren aus diesem Holz gefertigt. Rot-beige gestreifte samtene Sitzpolster auf den Stühlen rundeten den beklemmenden Gesamteindruck des Wohnzimmers ab.

Bernauer schauderte. Wie konnte man nur so wohnen? Am liebsten hätte er die orangen Gardinen aus dickem Stoff von den Vorhangstangen – ebenfalls aus Eiche – herunter- und die Fenster weit aufgerissen. Ein Seitenblick verriet ihm, dass es Ponte ähnlich ging.

Unschlüssig standen sie im Raum herum.

»Einen Moment, ich hole meinen Mann«, verabschiedete sich Frau Schaufelberger.

Kurze Zeit später kehrte sie mit einem Tablett mit Kaffee und einer kleinen Schale Kekse zurück. »Bitte setzen Sie sich doch.«

Frau Schaufelberger machte auf die beiden Polizisten einen freundlichen, empathischen Eindruck. Ihr Wesen schien so gar nicht zu ihrem Äußeren zu passen. Sie wirkte bleich, abgekämpft und hart. Der mutmaßliche Grund dafür betrat kurz danach den Raum.

Ewald Schaufelberger musterte die Polizisten argwöhnisch und setzte sich auf den Stuhl oben am Tisch; offenbar sein Platz.

»Rosmarie – hast du nicht in der Küche zu tun?«, herrschte er seine Frau an. Diese stand unverzüglich auf. Bernauer und Ponte starrten sie ungläubig an.

»Wir hätten Ihre Frau gerne bei der Befragung dabei«, wandte Bernauer sich an den Hausherrn.

»Ich kann Ihre Fragen beantworten. Meine Frau hat nichts hinzuzufügen.« Schaufelberger ließ sich nicht aus der Ruhe bringen. Er war etwa im selben Alter wie seine Gattin. Sein markantes Gesicht deutete auf ein Leben voller harter Arbeit und Entbehrungen hin. Sein stechender Blick fixierte die Gäste unentwegt. Die Polizisten fühlten sich unwohl. Der bedrückende Raum und der herrische Auftritt Schaufelbergers verliehen der Szene etwas Düsteres, Beklemmendes.

Bernauer gelang es, sich aus seiner Erstarrung zu lösen: »Frau Schaufelberger, bitte setzen Sie sich wieder zu uns!« Die Kraft in seiner Stimme ließ keine Widerrede zu. Sie starrte ihn erst unschlüssig an, dann huschte sie zum Tisch hinüber und setzte sich geräuschlos auf einen freien Stuhl.

»Was fällt Ihnen ein, sich in meinem Haus so aufzuspielen«, schrie ihn Schaufelberger an und knallte die geballte Faust auf den Tisch. »Lernt ihr das heutzutage so auf der Polizeischule? Oder verlernt man die Manieren beim Sesselfurzen in der Beamtenstube?«

Das war zu viel für Ponte. Ruckartig wollte er aufstehen. Bernauer legte blitzschnell seine Hand auf dessen Schulter und drückte ihn zurück auf seinen Platz. Er wandte sich langsam zu Schaufelberger um, sah ihm direkt in die Augen und sagte mit einer Ruhe, die die jahrelange Erfahrung in seinem Beruf mit sich brachte: »Es geht um Ihre Tochter, Herr Schaufelberger. Wir müssen leider davon ausgehen, dass sie Opfer eines Verbrechens wurde.«

Frau Schaufelberger japste erst hörbar auf, dann wurde sie noch bleicher als zuvor und verfiel in eine Art Starre. Apathisch blickte sie vor sich hin und sagte nichts weiter. Aus beiden Augen quollen große, bittere Tränen.

Ihr Mann wirkte gefasster: »Haben Sie sie gefunden?«

»Nicht direkt«, gab Ponte zu.

»Wie meinen Sie das?«

»Was mein Kollege sagen will, ist, dass wir lediglich eine Hand gefunden haben. Sie wurde gestern am Ufer der Reuss angespült. Es deutet einiges darauf hin, dass es sich um die Hand Ihrer Tochter handelt, aber sicher sind wir nicht.«

Schaufelberger sah die beiden Polizisten ungläubig an. »Moment mal. Sie kommen hier in mein Haus, erschrecken meine Frau zu Tode, nur um uns mitzuteilen, dass unsere Tochter vielleicht, vielleicht aber auch nicht tot sein könnte? Mit Verlaub, Herr Bernauer, so weit sind wir seit nunmehr zwei Jahren schon.«

»Solange wir den Körper Ihrer Tochter nicht gefunden haben, könnte es theoretisch sein, dass sie noch am Leben ist, ja. Meiner Erfahrung nach ist die Wahrscheinlichkeit dafür aber nicht sehr groß.«

»Ha!«, machte Schaufelberger. »Ihre Erfahrung, Ihre Erfahrung! Wissen Sie, was meine Erfahrung mir sagt?«

Bernauer hob seine Schultern leicht an.

»Meine Erfahrung sagt mir, dass ich Beamtenpack wie Ihnen nicht trauen kann. Und jetzt raus aus meinem Haus!« Mit diesen Worten stand er auf und wies mit ausgestrecktem Arm und Zeigefinger auf die Wohnzimmertür.

Bernauer und Ponte sahen sich an. Ihnen war klar, dass sie hier nichts mehr erreichen konnten. Sie standen auf und wandten sich zum Gehen. Bevor sie die Haustür erreicht hatten, wurden sie von Frau Schaufelberger überholt und sie machte ihnen die Tür auf. Bernauer und Ponte konnten sich weder einen Reim darauf machen, wie die Frau sie auf dem schmalen Flur passieren konnte, noch, wie sie sich so schnell aus ihrer Erstarrung gelöst hatte.

Auf dem Treppenpodest machte Bernauer noch einmal kehrt und wandte sich ihr zu: »Eine Frage noch, Frau Schaufelberger.« Er kam sich etwas deplatziert vor, die Frau in Columbo-Manier noch einmal zu behelligen, zumal sie doch sehr mitgenommen zu sein schien von der unerfreulichen Nachricht. Dennoch stellte er seine Frage: »Was hat es mit den Buchstaben auf den Klingelschildern auf sich?«

Langsam drehte Frau Schaufelberger den Kopf in Richtung der Schilder. Nach ein paar Sekunden antwortete sie: »Unsere Cornelia war Künstlerin. Sie sah in allem eine Spielwiese, ihre Kreativität auszuleben. Früher lebten fünf Parteien in diesem Haus. Aber mein Mann und ich als Vermieter konnten uns die teuren Renovationen der Wohnungen nicht leisten. So ist einer nach dem anderen ausgezogen und mit ihnen verschwanden die Namen von den Klingelschildern. Die leeren Flächen waren für unsere Tochter schier unerträglich. Cornelia ist herangewachsen, und immer, wenn sie wieder ein Klingelschild erreichen konnte, verzierte sie es mit einem Buchstaben; eins nach dem anderen, angefangen beim untersten.«

Bernauer las die Schilder von unten nach oben: CONNY. Er musste unwillkürlich lächeln.

Frau Schaufelberger beobachtete ihn dabei und schöpfte anscheinend so etwas wie Vertrauen.

»Sie dürfen meinem Mann nicht böse sein«, begann sie. »Er hat eine schwere Zeit hinter sich. Den Hof hatte er von seinem Vater geerbt. Ewald wäre gerne Lehrer geworden. Talent und Grips hätte er gehabt. Aber als Erstgeborener widersetzte man sich damals seinem Vater nicht. Er fügte sich in sein Schicksal. Anfangs lief es gar nicht so schlecht. Sogar ein bescheidenes Vermögen konnten wir uns aufbauen. Aber dann warf der Hof immer weniger ab. Die Großverteiler wollten immer mehr Liefermengen in Topqualität vertraglich zugesichert erhalten. Irgendwann konnten wir nicht mehr mithalten. Als mein Mann dann auch noch einen schweren Arbeitsunfall hatte, wurde die Lage prekär. Verpfändungen und ein Verkauf der Ländereien zu einem Spottpreis waren unausweichlich. Das hat meinen Mann gebrochen. Mit Gelegenheitsarbeiten hielt er sich und uns über Wasser. Zum Glück konnten wir das Haus und die Scheune behalten. In dieser Zeit war unsere Tochter sein ganzer Stolz und seine Motivation, weiterzumachen und weiterzuleben. Selbst als sie sich entschloss, Künstlerin zu werden, stand er zu ihr. Aber eigentlich konnte er nie verstehen, dass sie nicht einen ›anständigen‹ Beruf gelernt hat. Ich denke, er hatte einfach Angst, dass es ihr einmal genauso ergehen könnte wie ihm – arbeiten bis zum Umfallen für Gottes Lohn oder weniger. Für seine geliebte Tochter hatte er sich ein besseres Leben gewünscht. Als Cornelia dann von einem Tag auf den anderen spurlos verschwand, erlosch der letzte Funken Lebensfreude aus seinen Augen. Er wurde immer verbitterter und suchte überall nach Schuldigen für Cornelias Verschwinden – außer bei sich selbst.«

»Hätte er denn bei sich selbst einen Grund gefunden?« Bernauer versuchte, die Frage so behutsam wie möglich zu stellen.

Frau Schaufelberger überlegte eine Weile. Dann antwortete sie: »Ich denke nicht. Er hat Cornelia geliebt. Wenn man ihm einen Vorwurf machen kann, dann den, dass er sie vor Gefahren zu sehr schützen wollte. Bisweilen engte er sie deswegen ein wenig ein. Aber tun das nicht alle Väter mit ihren Töchtern?«

Bernauer dachte an seine Mädchen und musste Frau Schaufelberger recht geben.

»Wie war das damals? Wie ist Ihre Tochter verschwunden?«

»In der Woche nach ihrem Verschwinden war eine Ausstellung mit ihren Werken geplant. Sie hatte lange darauf hingearbeitet. Die Wochen vor ihrem Verschwinden arbeitete sie praktisch Tag und Nacht. Das Pensum für ihren Teilzeitjob hatte sie für ihren Traum noch weiter reduziert. Es gab Zeiten, da hat sie sich tagelang in ihrem Atelier eingeschlossen. Dann war sie wieder nächtelang unterwegs und kam erst frühmorgens nach Hause. Aber sie war ja erwachsen. Da mischt man sich als Eltern nicht mehr ein. Natürlich haben wir uns etwas Sorgen gemacht. Aber wir wussten, wie viel ihr die Ausstellung bedeutete, und ließen sie in Ruhe. Und sie wusste, dass wir immer für sie da waren, wenn sie uns brauchte. Am Abend ihres Verschwindens hatten wir seit Langem wieder zusammen gegessen. Alles schien normal. Sie freute sich auf die Vernissage. Nach dem Essen wollte sie noch einmal kurz weg – sie kam nicht mehr zurück.«

»Sagte sie, wohin sie wollte?«, fragte Ponte.

»Nein. Mein Mann und ich haben uns das oft gefragt. Aber sie machte keine Andeutungen.«

Bernauer sah die Frau lange an. Dann fragte er: »Denken Sie, das Verschwinden Ihrer Tochter hat etwas mit ihrer Ausstellung zu tun?«

»Das haben wir uns auch überlegt. Die Antwort ist, wir wissen es nicht. Sie hatte einmal erwähnt, dass sie sehr viel Glück gehabt habe, dass gerade sie diese Ausstellung machen dürfe. Der Ausstellungsort sei sehr beliebt und sie sei nicht die Einzige gewesen, die sich dafür interessierte. Aber so viel hatte ich in den Jahren ihrer Tätigkeit gelernt: Das Künstlerdasein ist hart, und Möglichkeiten, seine Arbeiten zu präsentieren, sind rar. Da wird es schon einen Konkurrenzkampf gegeben haben. Aber dass jemand deshalb jemand anderen verschwinden lässt, ist dann doch eine Nummer zu groß.«

Bernauer zog eine Augenbraue hoch. »Sie würden sich wundern, Frau Schaufelberger. Wir haben schon Verbrechen für weit weniger gesehen.«

Sie blickte durch ihn hindurch ins Leere. »Immerhin besteht ja noch die Möglichkeit, dass sie einfach davongelaufen ist. Was will eine aufstrebende Künstlerin in diesem stieren Kaff?«

»Diese Möglichkeit besteht durchaus«, wandte Ponte ein, glaubte aber selbst nicht wirklich daran.

»Sie sagten, Ihre Tochter hätte eine Teilzeitstelle gehabt, welche sie für die Kunst reduzierte. Könnten Sie uns sagen, für wen sie gearbeitet hat?«, wollte Bernauer nun wissen.

»Ja, sie arbeitete bei der Hartmeier AG in Eggenwil, erst als Hilfskraft, dann irgendetwas in der Werbeabteilung. So genau kenne ich mich da nicht aus.«

»Verstehe«, sagte Bernauer und notierte sich den Namen des Unternehmens in sein Notizbuch. Dann hob er langsam den Kopf, als wäre ihm gerade etwas in den Sinn gekommen. »Trug Conny ein Tattoo?«

»Ja, sogar mehrere. Eins hier am Handgelenk, eines am Nacken und eines um den Knöchel. Es waren alles Runenmuster.«

Bernauer warf Ponte einen Blick zu. Dieser nickte wissend zurück.

»Kommen Sie«, sagte Frau Schaufelberger unvermittelt. »Ich zeige Ihnen Cornelias Reich.«

KAPITEL 10

Sie betraten die ehemalige Scheune des Bauernhauses. Bernauer hatte eine düstere, vollgestellte Abstellkammer erwartet, aber er wurde eines Besseren belehrt. Sie befanden sich in einer großen Halle. Alles wirkte aufgeräumt und gepflegt. An die gegenüberliegende Wand waren ein paar großformatige Gemälde gelehnt. Rechts davon befand sich ein Ateliertisch mit allerlei Malutensilien wie Pinsel, Farbeimer und Spraydosen. In der Mitte des Raums führte eine Treppe hinauf auf eine Art Podest oder Galerie. Das musste der ehemalige Heustock gewesen sein.

»Als Cornelia volljährig wurde, haben wir den ersten Stock zu einem Schlafraum mit Galerie umgebaut. Auch ein kleines Badezimmer befindet sich oben.«

Die Polizisten staunten. »Das heißt, Ihre Tochter hat hier gewohnt und gearbeitet?«

»So ist es. Aber wir haben sie natürlich in ihrem Reich in Ruhe gelassen. Hier konnte sie tun und lassen, was sie wollte.«

»Alles wirkt sehr aufgeräumt und sauber, wenn man bedenkt, dass hier seit zwei Jahren niemand mehr gelebt hat.« Bernauer schämte sich ein bisschen für seine taktlose Bemerkung und hätte sie am liebsten rückgängig gemacht.

»Wissen Sie, ab und zu komme ich hierher und denke an Cornelia. Irgendwie habe ich die Hoffnung, dass mir dieser Raum oder die Gegenstände hier drin verraten könnten, was mit ihr geschehen ist oder wo sie sich befindet. Ich staube manchmal ein bisschen ab. Aber ansonsten ist alles noch so wie am Tag, als Cornelia verschwand. Ich hoffe immer noch, dass sie eines Tages vor uns steht – und dann soll ihr Reich so aussehen, als hätte sie es nie verlassen.«

Bernauer und Ponte warfen sich einen Blick zu. Wie oft hatten sie solche Szenen schon erlebt? Jeder hatte seine eigene Art, mit Schicksalsschlägen fertigzuwerden, und manchmal trugen die Verarbeitungsstrategien seltsame Blüten.

»Dürfen wir uns hier ein wenig umsehen?«

»Bitte«, antwortete Frau Schaufelberger, »wenn es hilft, unsere Tochter zurückzubringen.«

Bernauer wollte gerade etwas entgegnen, da hörten sie eine Stimme hinter sich: »Sie sind ja immer noch da!« Die drei fuhren herum und erblickten Ewald Schaufelberger in der offenen Tür. »Welchen Teil von ›verschwinden Sie von meinem Hof‹ haben Sie nicht verstanden?«

Die Polizisten wagten erst nicht, sich zu rühren. Unschlüssig standen sie da und starrten den Hausherrn an. Seine Frau ging in den Unterwürfigkeitsmodus über, machte ein paar Schritte zur Seite und lehnte sich an eine Wand.

»Ich muss doch sehr bitten, Herr Schaufelberger.« Bernauer erlangte als Erster die Fassung zurück. »Wir wollten uns gerade etwas umsehen, um vielleicht einen Hinweis auf das Wo und Wie des Verschwindens Ihrer Tochter zu erhalten.«

»Ha!«, entfuhr es Schaufelberger. »›Nur etwas umsehen‹? Das letzte Mal habe ich das von diesem Ausländer gehört, der meine Tochter fickte!«

Jetzt konnte Frau Schaufelberger nicht mehr an sich halten: »Ewald, es reicht! Cornelia ist erwachsen! Sie kann schlafen, mit wem sie will. Außerdem war der Junge nur einmal hier.«

»Von wem reden Sie bitte?«, schaltete sich nun Bernauer ein.

»Na, von diesem Syrer oder Iraker, der hier plötzlich auftauchte und meiner Tochter Avancen machte«, schrie Schaufelberger nun förmlich.

»Afghane«, warf Rosmarie Schaufelberger ein. »Er stammte aus Afghanistan.«

»Moment, Moment«, versuchte nun Ponte die Situation zu beruhigen. »Herr Schaufelberger, Sie behaupten, Ihre Tochter habe ein Verhältnis mit einem Asylbewerber, pardon, einem Migranten gehabt?«

»So ist es!« Schaufelberger verschränkte die Arme vor der Brust und machte einen eingeschnappten, trotzigen Eindruck. »Wahrscheinlich ist sie mit ihm durchgebrannt.«

»Wie kommen Sie darauf? Gab es Anzeichen für eine Abreise? Ein gepackter Koffer, Reisevorbereitungen, irgendetwas in dieser Richtung?« Wieder war es an Bernauer, die richtigen Fragen zu stellen.

»Denken Sie, unsere Tochter ist bei uns vorbeigekommen und hat gesagt: ›Mama, Papa, ich verlasse euch für immer und reise mit diesem Typen, den ich erst seit ein paar Tagen kenne, in sein Heimatland. Dort lasse ich mich in sein Haus einsperren, putze und koche den ganzen Tag, gebäre Kinder, und wenn ich aus dem Haus gehe, muss ich ein Kopftuch tragen. Besuchen könnt ihr mich nicht, es sei denn, ihr tragt eine schusssichere Weste und konvertiert zum Islam. Tschüss dann.‹?«

»Ewald, sei still!«

Alle wandten sich ruckartig Frau Schaufelberger zu. Mit einer solchen Reaktion von ihr hätte niemand gerechnet.

»Wenigstens wäre sie dann noch am Leben!« Sie brach in Tränen aus und schluchzte herzzerreißend.

Ihrem Mann und den Polizisten wurde die Situation unangenehm. Sie würden hier und heute keine weiteren Erkenntnisse gewinnen. Ein kontrollierter Rückzug war im Moment das Beste.

»Gut«, begann Ponte.

»Wir danken Ihnen für die Antworten und den Augenschein«, fuhr Bernauer fort. »Falls Sie noch Fragen haben oder Ihnen etwas Wichtiges in den Sinn kommt, rufen Sie mich ungeniert an.« Damit übergab er Herrn Schaufelberger seine Visitenkarte, welche dieser missmutig entgegennahm. Bernauer war von der Idee mit den Karten eigentlich nicht überzeugt. Er kam sich bei der Übergabe seiner Karte immer vor wie ein Staubsaugervertreter. Außerdem wählten die Leute in der Regel die 117, wenn sie mit jemandem von der Polizei sprechen wollten. Bis jetzt wurden Bernauer sämtliche ihn betreffenden Anrufe weitergeleitet. Aber anscheinend konnte man alle Idiotien unter den Begriffen »New Public Management« und »Kundennähe« subsummieren. Als ob es der Bevölkerung wichtig wäre, von der Polizei als Kunden betrachtet zu werden; sie wollten einfach schnelle, unbürokratische Hilfe. Und die versuchten Bernauer und seine Kollegen tagtäglich zu leisten.

Zurück im Auto sprach Bernauer seinen Kollegen direkt an: »War wohl nichts mit dem DNA-Vergleichsmaterial … Was denkst du über die ganze Sache, Michelangelo?«

Ponte überlegte einen Moment und antwortete dann in seiner gewohnt ruhigen Art: »Mich hat dieser Besuch beeindruckt. Da verschwindet die Tochter von einem Tag auf den anderen. Die Eltern fügen sich in ihr Schicksal. Nach zwei Jahren tauchen wir auf mit Neuigkeiten zu dem Fall. Die Mutter blüht förmlich auf und zeigt uns die Welt der Tochter. Für den Vater hingegen ist scheinbar bereits klar, dass der Schuldige irgendein Ausländer sein muss, der seiner geliebten Tochter zu nahe gekommen ist. Für mich ist es immer wieder faszinierend, wie unterschiedlich die Leute mit harten Schicksalsschlägen umgehen. Ich denke, wir sollten zuerst einmal bei ihrem ehemaligen Arbeitgeber nachfragen. Das …«

Weiter kam er nicht. Denn in diesem Moment klingelte sein Mobiltelefon. Eine schlechte Version des Italoklassikers »Azzurro« scherbelte durch den Wagen. Mühsam kramte Ponte sein Telefon aus der Innentasche seiner hellbraunen Lederjacke. Dabei machte der Wagen einen Schlenker nach links und kam auf die Gegenfahrbahn.

»Achtung«, rief Bernauer.

Ponte konnte gerade noch auf seine Spur zurücklenken, bevor sie mit einem entgegenkommenden Wagen kollidiert wären. »Das war knapp!«

»Reiß dich zusammen!«, herrschte ihn Bernauer an.

»Nimm du!« Ponte reichte Bernauer sein Telefon und konzentrierte sich wieder aufs Fahren.

Bernauer sah kurz aufs Display und nahm den Anruf entgegen: »Staubli! Was gibt's und warum rufst du nicht mich an, sondern Ponte?«

Während des Telefonats verdüsterte sich seine Miene

zusehends. Schließlich drückte er den Anruf weg und zog schweigend die Unterlippe nach oben.

»Was ist los? Wird Staubli endlich pensioniert? Dann müsstest du aber nicht so ein Gesicht machen.«

»Wir müssen umdrehen, Michelangelo. Sie haben beim Stauwehr eine Leiche gefunden – ohne Hände und Füße.«

KAPITEL 11

Bernauer und Ponte parkierten auf der Westseite des Wehrs. Auf diese Weise mussten sie nicht den steilen Weg vom Emaus her nehmen. Bei diesem anhaltenden Regen und dem Herbstlaub auf der Straße war er zu einer einzigen Rutschpartie geworden.

Das Stauwehr legte sich wie ein riesiges, bedrohliches Tier quer über die Reuss. Tosende Wassermassen stürzten flussabwärts ins Tal, während das Wasser oberhalb der Staumauer scheinbar ruhig dalag. Bernauer wusste aber, dass es unter der Oberfläche in einem gewaltigen Strudel von den Turbinen angesogen wurde. Wären die Rechen nicht gewesen, wären auch Menschen, Tiere und ganze Baumstämme in die Turbinen gesaugt worden. Von Zeit zu Zeit mussten die Rechen mit einem speziellen Kran gereinigt werden. Dann wurden große Mengen an Treibgut, meist allerlei Astwerk, aus der Reuss gehoben und in ein eigens dafür vorgesehenes Betonbecken gehievt. Beim momentan herrschenden Dauerregen befand sich der Kran im unermüdlichen Einsatz. Es galt zu verhindern, dass die angestauten Baumstämme die Durchlässe verstopften und das Wasser sich einen Weg über den Damm suchen würde. Zudem würde dies zu einem enormen Wasserdruck auf die Staumauer führen mit unabsehbaren Folgen für die weiter flussabwärts liegende Stadt. Es kam vor, dass der Kran kein pflanzliches Material aus der Reuss fischte, sondern Kadaver; von Tieren – aber auch von Menschen. Dies war offenbar heute Morgen passiert.

Eine Kollegin nahm die beiden Polizisten in Empfang und schilderte kurz die Lage. Sie bedeutete Bernauer und Ponte, sich zum Betriebsgebäude zu begeben. Dort warte ein Zeuge auf sie. Sie gingen die Einfahrt hinab, die zur Eingangstür des Hauptgebäudes führte. Noch bevor sie die Tür erreicht hatten, öffnete sie sich und ein untersetzter Mann um die 40 trat hinaus. In seiner blauen Latzhose und mit seinem runden, pausbäckigen Gesicht erinnerte er Bernauer an Bob den Baumeister. Oft genug hatte er die Geschichten des lustigen Handwerkers seinen Töchtern als Gutenachtgeschichte erzählen müssen.

»Sie sind die Herren von der Polizei?«, begrüßte er sie. »Ich heiße Robert Schmid. Aber alle nennen mich Bob.«

Ein Lächeln huschte über Bernauers Gesicht. »Ich bin Stephan Bernauer und das ist mein Kollege Michelangelo Ponte.«

»Cool, wie einer der Ninja Turtles! Abgefahren.«

Ponte und Bernauer sahen sich an. Ihre Blicke sprachen Bände.

»Sie wollen bestimmt die Leiche sehen«, fuhr Bob fort. »Da muss ich Sie enttäuschen, die ist schon weg. Der Bestatter hat sie mitgenommen.«

Die Polizisten starrten ihn ungläubig an.

»Moment, Moment, Herr Schmid, bitte der Reihe nach.« Bernauer hatte wenig Geduld mit übereifrigen Zeitgenossen. Besonders, wenn sie durch ihr Tun die Arbeit der Polizei behinderten. »Sie haben also die Leiche gefunden?«

»Nein, nicht ich, der Kranseppi.«

»Wer ist denn der Kranseppi?«, wollte nun Ponte wissen.

»Der bedient den Kran oben auf dem Wehr. Eigentlich ein ganz ruhiger Typ, aber seit dieser Geschichte mit seiner Mutter …«

»Bitte kommen Sie zur Sache, Herr Schmid.« Bernauers Geduld schrumpfte zusehends. »Wir haben heute noch anderes zu tun.«

Die Euphorie verschwand aus Bob Schmids rundem Gesicht. »Wie Sie wollen: Der Josef Hilpert hat mit seinem Kran heute Morgen eine Leiche aus dem Wasser gezogen. Zuerst hat er nicht gemerkt, dass es ein Körper ist. Dachte wohl, es sei ein Baumstamm. Wie er aber mit dem Greifer den Ast packen wollte, merkte er, dass es kein Stamm sein konnte. Was er da griff, war viel zu weich für Holz. Also hat er genauer hingeschaut. Und siehe da: eine Leiche. Allerdings ohne Hände und Füße. Nur der Rumpf mit Kopf, Armen und Beinen. Ziemlich schräge Sache, Mann.«

Die Polizisten warfen sich einen vielsagenden Blick zu. »Und was tat Herr Hilpert dann?«

»Er hat mich zu sich gerufen via internes Telefon. Gibt ja ein genaues Prozedere für solche Fälle. Ich sage nur Prozessmanagement!«

Bernauer verdrehte die Augen.

Schmid fuhr unbeirrt fort: »Ist alles durchorganisiert bei uns, keine Sorge, Herr Kommissar.«

Bernauer hatte genug: »Herr Schmid: Entweder Sie erzählen uns jetzt in einfachen, kurzen Sätzen, was hier vorgefallen ist, oder ich lasse Sie ins Präsidium einbestellen und schicke meine Kollegen vorbei, und die stellen den Laden hier aber so was von auf den Kopf, dass Sie sich wünschen würden, Sie hätten uns gar nie die Tür geöffnet.«

Bernauer wusste genau, dass dies eine leere Drohung war. In Tat und Wahrheit hatten sie gar nicht die Befugnis, eine solche Aktion durchführen zu lassen. Aber sie zeigte bei Schmid offenbar Wirkung.

»Ist ja gut, ist ja gut. Sind Sie aber empfindlich. Man wird ja wohl noch etwas ausholen dürfen. Na gut: Wie ich also beim Seppi ankomme, sehe ich ihn da sitzen im Führerhaus, kreidebleich. Wissen Sie, der Seppi macht den Job nun schon sehr lange. Der hat schon einiges aus dem Wasser geholt. Auch schon viele Leichen. Aber so eine – das ist schon krass! Die muss schon lange im Wasser gelegen haben. War völlig aufgedunsen. Und dann eben ohne Hände und Füße – grausig!« Man sah Bob Schmid an, dass er den Schock noch nicht überwunden hatte.

Ponte hakte nach: »Und weiter?«

»Wie weiter? Den Seppi hat der Chef nach Hause geschickt. Hätte heute sowieso keinen Wert mehr gehabt. Er hat dann Seppis Posten auf dem Kran übernommen. Einer muss die Arbeit ja machen, bei dem Wetter. Sonst fliegt uns der Damm hier noch um die Ohren. Die Leiche haben wir nebens Becken gelegt und ich habe den Leichenwagen gerufen. Wollte doch nicht mit der allein da rumstehen – oder liegen. Dann habe ich Ihre Kollegen angerufen und die haben alles abgesperrt und so.«

Bernauer seufzte: »Gut, Herr Schmid, danke für die Informationen. Wir kümmern uns um die Sache. Bitte halten Sie sich zu unserer Verfügung.«

»Okay. Und wenn Sie einmal einen Statisten brauchen, ich würde sehr gerne mitspielen.«

Verdutzt sahen ihn die Polizisten an. »Wie meinen Sie das?«

»Na, wenn Sie einen ›Tatort‹ drehen. Da wäre ich gerne dabei!«

Bernauer sah dem Mann tief in die Augen, konnte aber keinen Funken Ironie erkennen. Bob Schmid musste dies tatsächlich ernst meinen!

Kopfschüttelnd wandte er sich ab und ging Richtung Ausgang. Ponte folgte ihm mit etwas Verzögerung.

Zurück im Auto klopften sie sich die Nässe von den Kleidern. Bernauer beauftragte Staubli per Mobiltelefon abzuklären, welcher Bestatter involviert war, und zu veranlassen, dass die Leiche ins Rechtsmedizinische Institut gebracht wurde.

»Offenbar haben wir einen Match, zumindest auf den ersten Blick.«

»Sieht so aus. Ich mache Feierabend für heute. Kann ich dich noch irgendwohin fahren?«

»Bitte setz mich auf dem Posten ab. Ich mache auch Schluss für heute.«

KAPITEL 12

Die Schreie aus der Tiefgarage hörte Bernauer bereits, bevor er das Garagentor öffnete. Es waren markerschütternde Laute. Erst dachte er, sie stammten von einem schwer verletzten Tier. Langsam und vorsichtig stellte er sein Fahrrad in der Einfahrt an die Begrenzungsmauer. Leicht geduckt schlich er an der Wand entlang in die Richtung, aus der er die Schreie vermutete. Diese waren in ein schreckliches Gewimmer übergegangen. Bernauer zückte seine Dienstwaffe und schlich weiter vorwärts. Er hatte schon einige solcher Situationen miterlebt. Meistens bot sich ihm kein schönes Bild. Dass es dieses Mal genau in seiner Tiefgarage geschah, ließ ihn erschaudern. Was, wenn jemand von seiner Familie betroffen war?

Er schaffte es bis zu einem Stützpfeiler und lugte dahinter hervor. Leider konnte er von dieser Position aus nicht erkennen, woher genau und von wem oder was die Laute kamen. Er musste näher ran!

Auf dem Bauch liegend wagte Bernauer sich ein Stück weiter vor. Die Waffe im Anschlag schielte er um die nächste Ecke. Die Schreie mussten von seinem Parkplatz kommen! Blitzschnell zog er sich hinter den Pfeiler zurück und überlegte, wie er dorthin gelangen konnte. Er musste auf der Hut sein. Sollte der Täter sich in der Nähe befinden, wäre dieser vermutlich nicht zimperlich. Er versuchte es mit der alten Methode und warf einen Kieselstein in Richtung der gegenüberliegenden Garagenwand zu seiner Rechten. Der Stein tat seine Wirkung und man hörte ihn deutlich aufprallen. Bernauer rechnete mit einem Schuss oder einer Attacke des Täters, aber es geschah nichts.

Entgegen seinem Instinkt beschloss Bernauer, sich Gewissheit zu verschaffen. Er nahm alle Kraft und seinen gesamten Mut zusammen, setzte zum Spurt an, kam aus der Deckung und schrie mit vorgehaltener Waffe: »Halt, Polizei!«

Er stand nun mitten im Raum, die Pistole auf seinen Parkplatz gerichtet. Ihm bot sich ein Bild des Grauens.

Oder vielleicht besser: ein Bild des Jammers. Neben dem Jaguar kauerte Bernauers Nachbar Stöckli. Er schluchzte und heulte aus Leibeskräften. Der dunkelgrüne Jaguar E-Type war über und über mit gelber Farbe verschmiert. Mit Schwarz hatte jemand »Bullenschwein« und »FMR« darauf gesprayt.

»Sind Sie verletzt?« Bernauer kniete sich vor Stöckli nieder und wollte ihm die Hand auf die Schulter legen.

Dieser wies ihn mit einer schroffen Bewegung ab. »Lassen Sie mich in Ruhe, Bernauer! Sie sehen ja, was man mir angetan hat. Mein Baby ist …«

Weiter kam er nicht. Seine Worte gingen im Schluchzen unter. Stattdessen deutete er vage auf sein Auto.

»Reißen Sie sich zusammen, Mann!« Bernauer packte Stöckli am Arm und zog ihn auf die Beine. »Ich dachte schon, Sie seien verletzt.«

Stöckli sah ihn aus verweinten Augen an.

»Außerdem galt der Anschlag offensichtlich mir. Ihr Wagen steht ja auch auf meinem Parkplatz.« Bernauer kam nicht umhin, innerlich darüber zu lächeln. »Da meint es jemand ziemlich ernst. Wissen Sie vielleicht, was ›FMR‹ bedeutet?«

Stöckli schüttelte stumm den Kopf. Bernauer wurde bewusst, dass er seinen Nachbarn nur schwer würde beruhigen können. Er ließ ihn mit seinem Schmerz allein zurück und bestieg den Lift zu seinem Stockwerk. Noch im Flur vor seiner Haustür hörte er Stöcklis todtrauriges Geheul.

»Hat jemand einen neuen Hund im Haus? Seit einer Stunde höre ich so ein Gejaule«, begrüßte ihn seine Frau.

»Ach das … wohl eher eine Raubkatze.«

Natürlich verstand seine Frau die Anspielung auf Stöcklis Jaguar nicht und ließ es dabei bewenden. Stattdessen gab sie ihrem Mann einen Kuss und umarmte ihn herzlich. »Du«, hauchte sie ihm zärtlich ins Ohr, »vergisst du bitte nicht, dass wir übermorgen Abend zu Lauras Elternabend eingeladen sind? Und am Abend darauf nehmen wir an der Stadtführung teil, zu der du vom Stadtammann eingeladen wurdest.«

Bernauer starrte sie mit entsetzt aufgerissenen Augen an.

Drei Stockwerke weiter unten, in der Tiefgarage des Mehrfamilienhauses, kam es einem verdutzten Stöckli so vor, als hörte er einen noch lauteren Schrei als seinen eigenen.

KAPITEL 13

Auf dem Betriebsgelände der Hartmeier AG hätte man gut einen Fernsehkrimi drehen können, der auf einem Hafenareal spielt: ein riesiger Asphaltplatz, umrahmt von einem Maschendrahtzaun. Da und dort brachen sich Grasbüschel Weg. Auch einige Überseecontainer standen in einer Ecke des Platzes. Leider fehlten die Verladekräne und das Meer, um die Szenerie perfekt zu machen. Auch heute hatte sich das Wetter nicht gebessert; es regnete weiterhin Bindfäden.

In der südwestlichen Ecke des Platzes stand ein einfaches, zweistöckiges Gebäude aus grauen Backsteinen. Bernauer hielt mit Großvater darauf zu. Ein metallenes Schild über der Tür verriet den Firmennamen. Bernauer parkierte direkt darunter. Auf der Tür prangte die Aufschrift »Office«.

Er hastete die paar Schritte vom Auto bis zur Tür, um nicht völlig durchnässt zu werden. Den Schirm würde er ganz bestimmt nicht mehr benützen.

Kaum hatte er die Tür erreicht, wurde diese aufgerissen und ein sichtlich verärgerter Mann um die 50 stürzte hinaus. »Ich habe genug von dir und diesen Spielchen, Gregor! Mach deinen Scheiß doch allein!«

Bernauer konnte einen Zusammenprall mit dem Mann nur knapp verhindern. Er machte einen raschen und behänden Schritt zur Seite und ihre Köpfe verfehlten sich nur um Haaresbreite. Der Mann musterte Bernauer mit einem hastigen Blick und eilte davon.

Bernauer trat durch die Tür und fand sich in einem schicken Empfangsraum wieder, den er dem Gebäude nicht zugetraut hätte. Moderne, teure Materialien vermittelten dem Besucher einen Hauch von Eleganz. Hochglanzbroschüren in verchromten Ständern klärten den Leser über die Tätigkeiten der Hartmeier AG auf.

In der Mitte des Raums stand ein sorgfältig gekleideter und gut gebauter, großer Mann Mitte 40. Man sah ihm an, dass die Geschäfte nicht schlecht liefen. Mit seinem von der Sommersonne getönten Teint und dem dichten dunkelbraunen Haar hätte er gut in eine Werbung für teure Sportwagen gepasst.

»Ärger mit der Belegschaft?«, versuchte Bernauer das Eis zu brechen.

»Das geht Sie einen Feuchten an! Wer sind Sie überhaupt?«

»Bernauer, Kantonspolizei Bremgarten. Herr Hartmeier?«

Sein Gegenüber wechselte chamäleongleich von aggressiv zu lammfromm. »Guten Tag, Herr Bernauer. Was verschafft mir die Ehre? Kann ich Ihnen einen Kaffee anbieten?«

Die Empfangsdame hinter dem Tresen, die den Wortwechsel bisher wie angewurzelt mitverfolgt hatte, setzte sich sogleich ruckartig in Bewegung und machte sich mit einer schwungvollen Drehung zur Seite innert kürzester Zeit an der Kaffeemaschine zu schaffen.

»Nein, danke. Ich muss noch fahren.«

Verdutzt starrten ihn Hartmeier und die Dame an der Maschine an. Sie stoppte ihre Aktivitäten enttäuscht, er jedoch brach in schallendes Gelächter aus: »Sie gefallen mir, Herr Bernauer! Kommen Sie, wir gehen in mein Büro.«

Im Gegensatz zum Empfangsraum war Hartmeiers Büro beengt und bieder. Vor den dickglasigen Fenstern mit Aluminiumrahmen waren die für Bürogebäude der 90er-Jahre typischen breiten Fenstersimse angebracht. Bernauer hatte sich schon oft gefragt, was der Nutzen dieser Simse sein sollte. Die Lamellen auf der Oberseite verunmöglichten das Aufstellen eines Blumentopfs oder Ordners. Zudem musste man sich weit zum Fenster hinüberlehnen, um es öffnen zu können. An der Stirnseite waren in der Regel Steckdosen und LAN-Anschlüsse angebracht. Meistens standen die Pulte der Mitarbeitenden aber sowieso an einer anderen Wand, sodass die Dosen unbenützt ihr Dasein fristeten. So auch in Hartmeiers Büro.

Sein Pult stand inmitten des Raums. Es war das einzige Stück, das der Tristesse dieses Büros einen Hauch von Exotik und weltmännischer Art verlieh. Der Tisch war aus dunklem Holz, vermutlich Tropenholz. Die vier Eckpfeiler bildeten sitzende Elefanten, welche die Tischplatte auf ihren Rüsseln trugen. Zwischen den Stützen war, geschnitzt aus demselben Holz, eine Jagdszene dargestellt. Auf Elefanten reitende Jäger versuchten einen Tiger zu stellen. Bernauer hatte der Jagd noch nie viel abgewinnen können. Aber dieses Möbel kam ihm dermaßen deplatziert vor, dass er mit einem leichten Kopfschütteln und einem Schnauben darauf reagierte.

Hartmeier war diese Reaktion nicht entgangen und er fühlte sich herausgefordert, etwas über seinen Schreibtisch zum Besten zu geben: »Da staunen Sie, was, Herr Bernauer? Ein Geschenk aus Thailand. Echtes Mahagoni. Gefällt er Ihnen?«

Bernauer ignorierte die Frage und kam gleich zur Sache: »Herr Hartmeier, ich muss Ihnen ein paar Fragen über Cornelia Schaufelberger stellen.« Er beobachtete Hartmeier genau, während er diesen Satz aussprach, konnte bei ihm aber keine Gemütsregung ausmachen.

»Was ist mit ihr?«

Bernauer wollte noch keine weiteren Details preisgeben. Stattdessen wartete er mit einer Gegenfrage auf: »Sie kannten sie also?«

»Frau Schaufelberger war bei uns angestellt. Ich weiß, wer sie ist. Vor etwa zwei Jahren erschien sie dann von einem Tag auf den anderen nicht mehr zur Arbeit. Seltsame Sache damals, verschwindet einfach mir nichts, dir nichts.«

»Sie wollen mir damit sagen, Sie hätten keine Nachforschungen angestellt, um etwas über den Verbleib von Frau Schaufelberger herauszufinden?«

Hartmeier hob eine Augenbraue: »Bei allem Respekt, Herr Bernauer. The Show must go on, verstehen Sie? Wir sind in einer Branche tätig, bei der Geschwindigkeit alles ist. Time-to-market bestimmt das Geschäft. Glauben Sie im Ernst, wir hätten noch Zeit, unseren Angestellten nachzuspionieren? Ha!« Er machte eine wegwerfende Handbewegung und fuhr fort: »Nachdem sich Frau Schaufelberger eine Woche lang nicht gemeldet hatte, haben wir die Stelle neu ausgeschrieben und sie war im Nu besetzt. Solche Teilzeitjobs sind gefragt!«

Hartmeier wurde Bernauer immer unsympathischer. Was bildete er sich eigentlich ein? Es ging hier vermutlich um ein Menschenleben und dieser Schnösel warf mit Wirtschafts-Buzzwords um sich, als gehöre ihm die Welt. Trotzdem musste Bernauer sich natürlich beherrschen: »Was genau war Frau Schaufelbergers Job?«

»Irgendetwas im Marketing, glaube ich. Damals unterstand ihre Abteilung noch meinem Vater. Für Details müssten Sie ihn fragen.«

»Und wo finde ich Ihren Vater?« Bei dieser Frage schaute Bernauer unwillkürlich zur Tür.

»Oh nein, er arbeitet nicht mehr im Betrieb. Vor gut einem Jahr überschrieb er mir die Firma und ging in Pension. Er wohnt in Oberwil-Lieli. Versuchen Sie es dort. Meine Sekretärin kann Ihnen einen Termin organisieren.« Mit diesen Worten drückte er eine Taste des riesigen Telefons auf seinem Schreibtisch und eine säuselnde Frauenstimme meldete sich. Ohne dass Bernauer intervenieren konnte, teilte Hartmeier seiner Sekretärin mit knappen Worten mit, worum es ging.

»So, Herr Polizist. Haben Sie sonst noch ein Anliegen? Ich würde dann gerne wieder arbeiten. Time is money, Sie verstehen?«

»Ich verstehe«, sagte Bernauer; du arroganter, aufgeblasener Sohn-von-Beruf, dachte er bei sich.

»Eine Frage hätte ich noch: Offenbar hatte Frau Schaufelberger ein Verhältnis mit einem Ausländer, genauer gesagt mit einem Afghanen. Wissen Sie etwas darüber?«

»Da kann ich Ihnen nicht weiterhelfen. Den einzigen Afghanen, den ich kenne, kann man rauchen.« Dabei faltete er beide Hände vor dem Gesicht zu einem Hohlraum zusammen und simulierte ein Inhalationsgeräusch. Er lachte schallend und verschluckte sich dabei aufs Heftigste.

Bernauer schüttelte den Kopf, wandte sich ab und ging Richtung Tür. Dort blieb er stehen und drehte sich noch einmal um. »Was macht Ihr Unternehmen eigentlich?«

Hartmeier hatte sich nur mühsam von seinem Hustenanfall erholt und antwortete daher gepresst: »IMPEX, Import-Export. Hauptsächlich Ware aus Asien. Aber auch darüber wird Ihnen mein Vater gerne mehr erzählen. Grüßen Sie ihn recht freundlich von mir!«

Bernauer verließ das Büro. Am Empfangstresen erwartete ihn Hartmeiers Sekretärin und überreichte ihm einen Zettel mit einem Termin für den Besuch bei Hartmeier senior. Der Termin war in vier Wochen angesetzt. Bernauer lachte kurz auf, zerknüllte das Papier und warf es in den Schirmständer beim Ausgang. Er ließ eine verdutzte Sekretärin zurück.

KAPITEL 14

Bernauer und Ponte hatten keine Mühe, Hartmeiers Haus zu finden. Zu prominent war die Lage des Anwesens und zu auffällig das Haus selbst. Es war eine Mischung aus Südstaatenvilla und venezianischem Palazzo. Auf zwei mächtigen Säulen neben dem Eingangstor thronte ein langes Vordach mit üppig bemaltem Baldachin. Ein mit Naturstein gepflasterter Vorplatz empfing den Besucher. Ein geschwungenes, schmiedeeisernes Tor bildete seinen Abschluss. Dahinter sah man eine mit gepflegten Rabatten gesäumte, marmorne Treppe, die zum Hauseingang führte. Bernauer parkierte Großvater und sie stiegen aus. Am Tor angelangt, drückte Ponte den Knopf der Gegensprechanlage.

»Sie wünschen?«

Die Polizisten stellten sich vor. Ein leiser Summton bedeutete ihnen, einzutreten. Als sie das obere Ende der Treppe erreicht hatten, öffnete sich die Haustür und ein Butler in Livree empfing sie.

»Bitte folgen Sie mir. Der Hausherr wird in ein paar Augenblicken zu Ihnen stoßen.«

Sie durchquerten die luxuriöse, lichtdurchflutete Eingangshalle und betraten einen sehr großzügigen Raum, vermutlich das Wohnzimmer. Der Bedienstete war plötzlich verschwunden und die beiden Polizisten standen etwas hilflos im Raum.

Die eine Seite des Saals bildete eine Fensterfront mit rahmenlosen Scheiben. Sie öffnete den Blick in einen makellos gepflegten Garten. Aufgrund des schlechten Wetters konnten sie nicht bis zum Ende des Grundstücks sehen. Eine Tür in der Glasfront stand offen und zuerst Bernauer, dann auch Ponte schlüpften hindurch. Sie fanden sich auf einer überdachten Terrasse wieder. Der Regen prasselte auf die vordersten Steinplatten der Veranda. Direkt davor war eine kunstvoll angelegte Wasserfläche auszumachen. Der Garten war im japanischen Stil gehalten. Kleine Häuschen, Schreine vielmehr, durchbrachen da und dort die minutiös getrimmten Rasenflächen. Selbst eine gebogene Brücke, wie man sie häufig in japanischen Gärten bestaunen konnte, nannte Hartmeier senior sein Eigen.

Ponte und Bernauer starrten fast andächtig in die trübe, aber sehr schöne Szenerie. Sie ließ sie für ein paar kurze Augenblicke vergessen, aus welchem Grund sie eigentlich hier waren, nämlich ein abscheuliches Verbrechen aufzuklären. Vor ihren Füßen machten sich ein paar Fische durch ein leises Blubb an der Wasseroberfläche bemerkbar. Die beiden Polizisten waren so in ihre Gedanken vertieft, dass selbst dieses sanfte Geräusch sie aufschrecken ließ. Zeitgleich senkten sie ihren Blick und sahen einen wulstigen Fischmund ein an der Wasseroberfläche treibendes Stückchen Fischfutter verschlingen. Jetzt erst bemerkten sie, dass etwa ein Dutzend Fische sie durch die Wasseroberfläche anstarrten. Offenbar erwarteten sie, gefüttert zu werden. Unfähig, ihren Wunsch zu erfüllen, starrten Bernauer und Ponte zurück.

Der Teich, der sich zu ihren Füßen erstreckte, war durch einen schmalen Durchlass mit einem Gitter in zwei Abteile geteilt. Die Fische schwammen im offenen, größeren Teil, während der kleinere Bereich mit allerlei Wasserpflanzen überwuchert war.

»Sind sie nicht wunderschön?«

Die Polizisten fuhren herum. Ponte wäre vor Schreck beinahe rückwärts ins Wasser gefallen, konnte sich aber gerade noch halten.

Vor ihnen stand Max Hartmeier. Der Senior war seinem edlen Haus entsprechend gekleidet. Das pinkfarbene Polohemd und die beige Hose verliehen ihm etwas Junges, zumal er braun gebrannt war und sein volles, grau meliertes Haar sportlich nach hinten gekämmt trug. Trotz seines beträchtlichen Alters wirkte er fit und voller Tatendrang.

»Wie bitte?«, fragte Ponte, nachdem er die Fassung und den vollständigen Halt wiedergefunden hatte.

»Meine Koikarpfen. Gefallen sie Ihnen?«

»Ja, ääh, also … Fische halt«, entgegnete Ponte etwas verwirrt.

»Mein lieber Mann, sagen Sie das nicht! Diese Koi werden seit vielen Jahrzehnten gezüchtet. Sie sind nicht einfach Fische, sie sind Kunstwerke. Jeder einzelne Fisch erzählt die Geschichte seiner Vorfahren und der Region, aus der er stammt: heiße Sommer, kalte Winter, Erdbeben und Taifune, Kirschblüten und Reisfelder. Sie verkörpern die japanische Seele: Genügsamkeit, Beharrlichkeit und Streben nach Perfektion.« Hartmeier sagte diese Worte nicht gehässig oder belehrend. Man spürte, dass er in diesen Tieren wirklich etwas Großes, Anmutiges sah.

»Und sie sind sehr teuer«, erwiderte Ponte und zerstörte mit diesem Satz die von Hartmeier aufgebaute sehnsüchtige Stimmung.

»Ja, seit die Chinesen den Markt kaputtkaufen und jeden noch so überrissenen Preis bezahlen, hört man oft von Rekordverkäufen auf irgendwelchen Messen. Meine hier spielen nicht ganz in dieser Liga, haben jedoch auch etwas gekostet. Aber ich sage immer: Ein Koi ist eine Investition fürs Leben. Immerhin werden sie gerne über 80 Jahre alt. Die lange Lebenserwartung haben sie wahrscheinlich auch aus ihrem Heimatland übernommen.«

Ponte nickte nachdenklich. »Und warum dürfen die Fische nicht zu den Pflanzen?«

»Weil ich mein Geld lieber für Karpfen als für Wasserpflanzen ausgebe. Die Fische würden die Pflanzen im Nu fressen und ich müsste immer wieder neue kaufen, um die Wasserqualität aufrechtzuerhalten. Mit dieser Lösung wird das Wasser durch die Pflanzen auf natürliche Weise gefiltert und die Fische können ihnen nichts anhaben. Außerdem handelt es sich um seltene japanische Seerosen. Aber Sie sind wahrscheinlich nicht hierhergekommen, um sich mit mir über meine Karpfen zu unterhalten. Gehen wir doch nach drinnen.« Er machte eine einladende Geste Richtung Terrassentür. Die Polizisten folgten seiner Aufforderung.

Im Wohnzimmer setzte sich der Alte in einen Ohrensessel und wies den beiden einen Platz auf dem viel zu weichen Sofa zu. Sie sanken in ihre Polster ein und rutschten in der Mitte des Sofas eng zusammen, wodurch sich ihre Oberschenkel berührten. Bernauer hasste solchen Körperkontakt und rutschte mit einem leichten Hopser ganz auf die andere Seite der Couch hin zur Armlehne. Hartmeier war dies nicht entgangen und er bedachte Bernauer mit einem Lächeln, das dieser nicht genau einordnen konnte. Er beschloss, Hartmeiers Reaktionen genau im Auge zu behalten.

Bevor die Polizisten mit der Befragung beginnen konnten, öffnete sich die Tür und derselbe Bedienstete, der sie ins Haus begleitet hatte, erschien mit einem Tablett, auf dem Kaffee und teures italienisches Gebäck drapiert waren. Nachdem er allen eine Tasse eingeschenkt hatte, verließ er das Zimmer und Bernauer konnte Ponte vorstellen: »Danke, dass Sie sich Zeit nehmen, Herr Hartmeier. Das ist mein Kollege Michelangelo Ponte.«

»Ah, wie der Künstler.«

»Ja, wie der Maler«, entgegnete Bernauer leicht genervt.

»Michelangelo Buonarroti war nicht nur Maler, sondern auch Bildhauer, Architekt und sogar Dichter«, wusste Hartmeier. »Eine faszinierende Persönlichkeit, wenn Sie mich fragen. Solche Universalgenies gibt es heute leider wohl keine mehr.«

Bernauer seufzte innerlich. Die Besserwisserei schien bei den Hartmeiers im Blut zu liegen. Langsam zählte er für sich bis drei. Erst dann fuhr er fort: »Gestern Morgen waren wir bei Ihrem Sohn im Unternehmen – auch nicht gerade ein Universalgenie, wenn Sie mich fragen.« Bernauer wählte diese Provokation ganz bewusst, um Hartmeier aus der Reserve zu locken. Dieser schien jedoch nicht sonderlich beeindruckt.

»Sie müssen meinen Sohn entschuldigen. Er kann zwar gut rechnen, aber mit den Manieren hat er's nicht so. Hat er Sie beleidigt?«

»Nicht direkt. Er war aber auch nicht gerade ein offenes Buch. Statt BWL-Floskeln hätte ich mir eher ein paar Antworten zu unserem Fall gewünscht.«

Hartmeier lehnte sich in seinem Sessel zurück. Offenbar entspannte er sich ein wenig.

»Herr Hartmeier, wir ermitteln im Fall Cornelia Schaufelberger. Kommt Ihnen dieser Name bekannt vor?«

»Selbstverständlich. Frau Schaufelberger arbeitete in meinem, pardon, unserem Unternehmen. Leider war sie von einem Tag auf den anderen verschwunden. Haben Sie etwas von ihr gehört? Richten Sie ihr bitte aus, dass ich mich gerne mit ihr unterhalten würde. Ich würde gerne erfahren, warum sie so mir nichts, dir nichts abgehauen ist.«

»Frau Schaufelberger ist tot«, entgegnete Bernauer trocken. Manchmal musste man in seinem Beruf die Wahrheit ein wenig strapazieren, um die richtigen Antworten aus den Leuten herauszubekommen. Oftmals verrieten bereits leichte Veränderungen in der Mimik des Gegenübers mehr als minutenlange Monologe oder Scheingeständnisse potenzieller Täter.

Bernauer konstatierte echte Betroffenheit in Hartmeiers Gesichtszügen.

»Tot?«, fragte der Alte.

»Mausetot«, warf Ponte ein.

»Sind Sie sicher?«

»Sehr sicher«, meldete sich Bernauer erneut zu Wort.

Hartmeier wurde bleich. »Ich … Ich weiß nicht, was ich sagen soll. Das ist schrecklich. So ein junger Mensch.«

Unvermittelt und rasch stand er auf. Bernauer musste sich sehr beherrschen, dass er nicht aus Reflex zu seiner SIG griff, ließ die Hand aber auf seinem Oberschenkel ruhen. Hartmeier ging zu einem Globus in der Ecke des Raumes und klappte ihn auf. Aus der darin befindlichen

Hausbar goss er sich aus einer Kristallkaraffe einen Drink ein.

»Auch einen?«, fragte er, immer noch mit dem Rücken zu den beiden Polizisten. »Ah nein, Sie sind ja im Dienst«, folgerte Hartmeier mehr zu sich selbst als an die Besucher gerichtet. Ponte und Bernauer warfen sich einen vielsagenden Blick zu.

»Der Tod von Frau Schaufelberger scheint Sie mitzunehmen, Herr Hartmeier«, stellte Bernauer fest.

Hartmeier antwortete mit einer Gegenfrage: »Was ist passiert? Sie hat sich doch nichts angetan, oder?«

»Das wissen wir noch nicht genau«, entgegnete Bernauer und hätte sich für diese Aussage am liebsten die Zunge abgebissen.

Ponte sprang ein: »Was mein Kollege sagen will, ist, dass wir über den Stand der Ermittlungen im Moment keine Aussage treffen können. Wir wissen aber mit ziemlicher Sicherheit, dass Cornelia Schaufelberger tot ist.« Auch Ponte nahm es mit der Wahrheit beim Befragen nicht ganz so genau.

Zum Dank für diese Rettungstat notierte Bernauer einen fetten Pluspunkt auf Pontes imaginärem Bierdeckel.

»Nun, meine Herren«, fuhr Hartmeier wieder sehr gefasst fort, »ich kann Ihnen, denke ich, nicht weiterhelfen. Seit Frau Schaufelberger damals verschwunden ist, habe ich nichts von ihr gehört, geschweige denn mit ihr gesprochen oder sie gesehen.«

Bernauer ließ es nicht dabei bewenden: »Ihr Sohn sagte uns, dass Frau Schaufelberger bei Ihnen im Marketing gearbeitet habe?«

»Na ja, Marketing, sie war bei uns zuständig für die Gestaltung der Unternehmensbroschüren. Hat ganz passable Arbeit geleistet, war ja künstlerisch sehr begabt. Sie wollte von ihrer Kunst leben und hatte den Job bei uns nur, um sich über Wasser zu halten.«

Bei diesen Worten musste Bernauer unwillkürlich an die Leichenhand im Wasser denken und es beschlich ihn ein flaues Gefühl. Was für eine treffende Redewendung für diesen Fall, dachte er.

»Könnten wir eine dieser Broschüren sehen?«, meldete sich Ponte zu Wort.

Zur Überraschung der beiden Polizisten griff Hartmeier neben sich und holte aus dem unteren Tablar eines Servierboys eine Broschüre hervor.

»Hier. Ich habe immer welche vorrätig.«

Ponte nahm das Faltblatt entgegen, ohne es genauer zu studieren. So verblüfft war er ob des schnellen Ziehens des Papiers.

Bernauer wechselte das Thema: »Anscheinend war Frau Schaufelberger mit einem Afghanen zusammen. Wissen Sie etwas darüber?«

»Navid.«

»Navid?«

»Navid Ibn-Mohamed. Das war sein Name. Ich kann ihn mir deshalb so gut merken, weil ich früher einen Geschäftspartner hatte mit demselben Nachnamen. Allerdings nicht in Afghanistan, sondern im Irak. Das war noch vor dem ersten Golfkrieg. Navid klingt für mich eher spanisch, so wie Weihnachten, Navidad, Sie verstehen?«

Die Polizisten nickten, obwohl sie Hartmeier nicht ganz folgen konnten.

»Und dieser Mohamed …«

»Ibn-Mohamed«, fiel Hartmeier Bernauer ins Wort.

»Dieser Ibn-Mohamed«, fuhr Bernauer ungeduldig fort, »arbeitete der auch in Ihrem Betrieb?«

»Nein, wo denken Sie hin.«

»Woher kennen Sie ihn dann und warum wissen Sie, dass er ein Verhältnis mit Frau Schaufelberger hatte?«

Hartmeier lachte kurz auf. »Fragen Sie irgendjemanden aus dem Unternehmen. Alle kannten Navid.« Er legte eine Kunstpause ein, wohl um die fragenden Blicke von Bernauer und Ponte noch einen Moment genießen zu können.

»Es begann mit Briefen. Zuerst vielleicht einer pro Woche. Am Schluss waren es mehrere täglich. Er erschien jeweils um circa halb neun vormittags beim Empfang und wollte Frau Schaufelberger sprechen. Anfangs bemühte sie sich, Navid kurz persönlich zu sehen. Man will ja nicht unhöflich sein. Aber mit der Zeit wurde es ihr wohl zu viel und sie empfing ihn nicht mehr. Davon ließ sich Navid aber nicht abhalten. Tagtäglich erschien er und deponierte seine Briefe am Empfang. Er war nicht verärgert, dass Frau Schaufelberger ihn nicht sprechen wollte oder konnte. Er war einfach beharrlich – oder er hatte unendlich viel Zeit. Auf jeden Fall gehörte Navid mit der Zeit schon fast zum Inventar des Unternehmens oder zumindest des Empfangsraums. Wann immer man durch den Haupteingang hineinkam, war Navid bereits da und nickte einem freundlich zu. Am Anfang hatte ich mich darüber aufgeregt. Aber da er anscheinend friedlich und ruhig in der Ecke saß und eigentlich niemanden störte, habe ich ihn schließlich gewähren lassen.«

»Ihr Sohn kannte Navid also auch?«, wollte Bernauer wissen.

»Selbstverständlich. Er bot Navid sogar einen Job an. Leider hat das dann nicht geklappt, weil Navid in einem Migrationsstatus war, in welchem er nicht arbeiten durfte.«

»Sie sagten, Ihre Mitarbeitenden ›kannten‹ Navid. Was ist mit ihm passiert?«

Hartmeier lehnte sich nach vorne. »Ab demselben Tag, an dem Frau Schaufelberger verschwand, wurde auch Navid nicht mehr gesehen. Zack, bumm! Einfach weg.«

Er klopfte sich auf beide Oberschenkel und stand auf. »Mein Butler wird Sie hinausbegleiten. Ich habe zu tun. Meine Herren …« Damit war für Hartmeier das Gespräch offenbar zu Ende.

»Eine Sache noch, Herr Hartmeier«, kam es Bernauer in den Sinn. »Sagt Ihnen die Abkürzung ›FMR‹ etwas?«

»Nie gehört«, erwiderte der Alte und verließ den Raum.

Auf dem Vorplatz vor Hartmeiers Haus angekommen, wandte sich Bernauer an seinen Kollegen: »Das Dossier von diesem Ibn-Mohamed muss ich mir geben lassen. Vielleicht liefert es Antworten zu den Fragen unseres Falles.«

»Findest du es nicht seltsam«, warf Ponte ein, »dass dieser Navid allen in Hartmeiers Firma bekannt gewesen sein soll, und trotzdem will der Junior-Chef uns weismachen, dass er nichts von einem Afghanen gewusst habe?«

Bernauer überlegte kurz und erwiderte dann: »Wir werden herausfinden, warum, Michelangelo. Wir werden es herausfinden.«

Er beschleunigte den Wagen und Großvater quittierte dies mit einem Klopfen aus dem Motorraum.

KAPITEL 15

»Klopf, klopf!«

Siglinde Bernhards Kopf erschien in Bernauers Bürotür. Er schaute sie verwirrt an.

»Sie besuchen mich hier?«

»Ich hatte bei unserem letzten Treffen irgendwie das Gefühl, dass Sie meinen Arbeitsplatz nicht wirklich mögen. Das geht übrigens nicht nur Ihnen so. Immer wenn ich sehe, dass sich die Gesichtsfarbe meiner Besucher der Farbe der Wandtäfelung anpasst, frage ich mich, ob es nicht besser wäre, uns beim nächsten Mal woanders zu treffen.« Sie lächelte gewinnend.

Bernauer war in der Tat froh, dass er nicht wieder in diesen Schlachthof-Keller hinuntersteigen musste, und bat Dr. Bernhard herein und Platz zu nehmen.

»Ich habe die Leiche untersucht. Schon aufgrund der Wundränder an den Armen und an unserer Hand war ich mir sicher, dass es der gesuchte Körper ist. Der DNA-Abgleich bestätigte dann meine Vermutung. Es handelt sich, wie erwartet, um eine Frau Mitte 20.«

»Cornelia Schaufelberger«, meinte Bernauer, mehr zu sich selbst als an die Gerichtsmedizinerin gerichtet.

»Das hingegen wissen wir erst, wenn wir eine Probe von ihr haben und ich sie mit dem genetischen Fingerabdruck der Leiche vergleichen kann.«

Bernauer presste die Lippen zusammen und nickte. Die Gerichtsmedizinerin fuhr nach einer kurzen Pause fort: »Todesursache dürfte ein Schlag auf den Hinterkopf gewesen sein. Dort habe ich eine gravierende Wunde entdeckt. Natürlich ist es bei einer Leiche, die so lange im Wasser lag, schwierig, eine 100 Prozent aussagekräftige Diagnose zu stellen.«

»Natürlich«, antwortete Bernauer. Für ihn war die Sache beziehungsweise das Gespräch damit beendet, zumal sein Smartphone begann, in voller Lautstärke den Pearl-Jam-Song zum Besten zu geben.

Doktor Bernhard machte Anstalten, den Raum zu verlassen, als sie die Stirn in Falten warf. »I'm still alive … Gibt es eine bessere Songzeile für einen Ermittler?«

»Er würde auch zu einer Gerichtsmedizinerin passen, irgendwie.«

»Da könnten Sie recht haben, Herr Bernauer, da könnten Sie recht haben.«

Mit diesen Worten wandte sie sich um. In der Tür machte sie aber noch einmal kehrt und ließ Bernauer wissen, dass er sich für Fragen jederzeit an sie wenden könne. Bernauer nickte wissend und wandte sich wieder seinem Smartphone zu. Warum Dr. Bernhard ihn für diese Information im Büro besuchte und das Ganze nicht am Telefon erledigt werden konnte, blieb ihm ein Rätsel.

Das Display zeigte Staublis Namen. Mit einem Seufzer nahm Bernauer den Anruf entgegen. Sein Mitarbeiter war derart aufgeregt, dass er ihn anfangs kaum verstand. Seine Worte überschlugen sich regelrecht. Als er sich etwas beruhigt hatte, begann Bernauer zu begreifen, worum es ging – und was er da zu hören bekam, konnte er kaum glauben.

KAPITEL 16

Bernauer und Ponte rasten im Alfa auf der Zugerstraße dahin. Auf der lang gezogenen Kuppe am Dorfeingang von Zufikon hob der Wagen beinahe ab. Ponte hatte Mühe, die Spur auf der regennassen Straße zu halten. Die alten Scheibenwischer konnten mit den niederprasselnden Regenmengen nicht Schritt halten. Bernauer musste die Augen zusammenkneifen, um überhaupt etwas durch die Windschutzscheibe erkennen zu können. Dabei war es heller Tag. Er getraute sich nicht auszumalen, was geschehen würde, wenn gerade in diesem Moment jemand die Straße zu queren versuchte. Da der Alfa-Romeo nicht offiziell als Dienstwagen zugelassen war, hatte Ponte auch kein Blaulicht an Bord. Die beiden Männer waren von Staubli vor wenigen Minuten über den Brand informiert worden. Auf ihren Computer-Bildschirmen blinkten Meldungen wie wild. Sie stürmten aus dem Polizeiposten und schnappten sich Pontes Auto. Für das Ausleihen eines Dienstwagens blieb keine Zeit.

Ponte bog scharf links ab. Ein entgegenkommendes Fahrzeug musste stark abbremsen und wäre beinahe von der Straße abgekommen. Ponte konzentrierte sich aufs Fahren, Bernauer deutete dem geschockten Führer des anderen Wagens mittels einer Handbewegung eine Entschuldigung an. Ponte holte alles aus seiner Giulia heraus.

Die Reifen schlitterten durch die Kurven und Bernauer verfluchte die fehlenden Kopfstützen und Dreipunktgurte. Sein Nacken würde ihm wahrscheinlich noch Tage nach dieser Fahrt Schmerzen bereiten.

Ponte fuhr auf den Hof. Wieder wich er geschickt den Schlaglöchern aus. Und wieder erwartete sie der modrige Geruch. Aber dieses Mal vermischte er sich mit dem Gestank von Rauch. Die beiden Polizisten starrten ungläubig durch die Frontscheibe. Rote und gelbe Reflexionen mischten sich mit blauen Blitzlichtern der Einsatzfahrzeuge auf ihren Gesichtern. Ponte erlangte als Erster die Fassung zurück, fasste beherzt den Türgriff und betätigte ihn nach einem kurzen Moment des Innehaltens. Bernauer tat es ihm gleich. Die Scheune stand im Vollbrand. Eine solche Feuersbrunst hatte Bernauer seit dem Brand der katholischen Kirche Bremgarten im Jahr 1984 nicht erlebt. Damals stand er mit seiner Mutter und anderen Schaulustigen neben der reformierten Kirche in der Oberstadt und beobachtete ungläubig den in Flammen stehenden Kirchturm in der Unterstadt. Diese Anekdote gab er auch gerne zum Besten, wenn er mit seinen Töchtern auf einem Sonntagsspaziergang an der zertrümmerten Kirchenglocke vorbeiging, die damals vom Glockenstuhl in die Tiefe gestürzt war und seither als Mahnmal auf dem Kirchplatz aufgebahrt war. Dass er ein solches Feuer noch einmal erleben würde, hätte er sich nicht einmal in seinen kühnsten Träumen ausgemalt.

Die Holzkonstruktion der Scheune war ein gefundenes Fressen für die Flammen. Gierig und in horrendem Tempo fraßen sie sich durch das alte Gebälk. Immer wieder stürzte ein Balken oder eine Verkleidung krachend in die lodernde Glut. Funkenfontänen stoben empor und die umstehenden Feuerwehrleute wichen erschrocken zurück. Selbst der starke Regen konnte nichts ausrichten gegen die Gewalt der Flammen. Bernauer spürte die Hitze auf seinem Gesicht und er musste unweigerlich ein Stück zurückweichen. Die Feuerwehr war derweil damit beschäftigt, die Ausweitung des Brands auf das Wohnhaus zu verhindern. Anscheinend hatten sie die Scheune bereits aufgegeben und betrieben Schadensbegrenzung. Das Löschwasser lief in Strömen die Fassade herunter und sammelte sich in großen Pfützen auf dem Vorplatz. Das Dach wurde mit einem Schaumteppich gegen den Funkenhagel geschützt. Eine Feuerwehrfrau auf einer Drehleiter sprühte die weiße Masse in hohem Bogen unentwegt auf die Ziegel.

Bernauer und Ponte traten trotz der Hitze näher an die Feuersbrunst heran. Sie wurden von einem pflichtbewussten Feuerwehrmann aufgehalten, der ihnen bedeutete, Abstand zu halten. Die Vorderseite der Scheune war komplett eingestürzt und erlaubte einen Blick ins Innere. Die beiden Polizisten sahen wie durch ein riesiges, brennendes Fenster hindurch auf die wütenden Flammen. Cornelias Gemälde und Kunstwerke waren ihre Beute geworden. Die Leinwände brannten wie Zunder. Die Lösungsmittel der Farben taten ein Übriges, dass die Scheune in ein flammendes Inferno verwandelt wurde. Hier und da explodierten Farbkanister und Spraydosen. Die Galerie und mit ihr Cornelias Wohnung brannten lichterloh. Dort, wo sie vorgestern noch Ewald Schaufelbergers Wutausbruch miterlebt hatten, brach nun die Hölle los. Mittlerweile wurde auch den beiden Polizisten klar, dass man die Scheune nicht würde retten können. Ponte musste schreien, um gegen die Lärmkulisse des Feuers anzukommen.

»Unsere DNA-Probe können wir vergessen!«

Bernauer nickte bitter. Dann bedeutete er Ponte mit einer Kopfbewegung, dass er sich ein wenig umsehen würde. Ponte bestätigte mit einem Nicken und stand dann etwas ratlos herum, den Blick immer noch ungläubig auf die Brandstelle gerichtet.

Bernauer ging ein paar Schritte in Richtung von Pontes Alfa. Das Gebiet rund um den ehemaligen Bauernhof war abgeriegelt. Die vielen neugierigen Schaulustigen wurden hinter einem Absperrband zurückgehalten. Ein paar Polizisten waren damit beschäftigt, zwei Meter hohe Absperrgitter herbeizuschaffen und an den neuralgischen Punkten zu installieren. Ein paar mit Teleobjektiven ausgestattete Fotografen oder Journalisten versuchten, zwischen den Gitterstäben hindurch einen besseren Blick auf die Geschehnisse zu erhaschen. Bernauers Kollegen lieferten saubere Arbeit. An einer Stelle wurden zwei niedere Absperrgitter einander gegenüber aufgestellt und bildeten so einen zweckmäßigen Checkpoint für ein- und ausfahrende Fahrzeuge. Gerade rollte ein weiterer Streifenwagen auf den Platz. Es dämmerte bereits. Die Scheinwerfer der Einsatzkräfte kamen nun besser zur Geltung.

Bernauer drehte sich um und ging in Richtung der zwei Krankenwagen, die sich auf der anderen Seite des Hofs befanden. Als er um den vorderen Wagen herumging, erkannte er Rosmarie Schaufelberger. Sie saß auf der Türschwelle des Ambulanzfahrzeugs, eingehüllt in eine Thermodecke. Die goldfarbene Folie raschelte bei jeder ihrer

Bewegungen. Irgendjemand hatte ihr eine Tasse mit heißem Kaffee hingestellt, die sie aber zu ignorieren schien.

Bernauer näherte sich Frau Schaufelberger und legte behutsam eine Hand auf ihre Schulter. Sie fuhr zusammen, rückte ein Stück zur Seite und starrte mit entsetzt aufgerissenen Augen zu ihm hoch. Bernauer realisierte seine Ungeschicktheit, zog einen in der Nähe stehenden Plastikstuhl heran und setzte sich ihr gegenüber. Ihre Blicke trafen sich nun auf gleicher Höhe.

»Was ist passiert, Frau Schaufelberger?«

Sein Gegenüber wurde von Schluchzern geschüttelt. Die Frau stand offenbar kurz vor einem Nervenzusammenbruch. Eine Sanitäterin kam aus dem Innern des Fahrzeugs herbei und redete beruhigend auf sie ein. Schließlich ließ die Betreuerin wieder von ihr ab und stieg zurück in den hell erleuchteten Innenraum, nicht ohne Bernauer einen vorwurfsvollen Blick und ein mahnendes Kopfschütteln zu schenken.

Bernauers zweiter Versuch musste klappen, ansonsten würde er wohl heute nichts mehr von Frau Schaufelberger erfahren. Er musste sich eine vorsichtigere Taktik überlegen. Jedes unbedachte Wort konnte bei ihr einen erneuten Heulkrampf auslösen. »Das Haus werden sie retten können.«

Rosmarie Schaufelberger schaute ihn aus verweinten Augen an. Aus ihrem müden Gesicht war jegliche Farbe gewichen. Bernauer erschrak ein wenig, wie sehr sie sich seit ihrem letzten Zusammentreffen zum Schlechten verändert hatte. Er wählte seine Worte mit Bedacht: »Es ist ein schönes altes Haus. Sie haben lange darin gelebt und es ist gut, dass es stehen bleiben kann. Viele Erinnerungen befinden sich darin und es sollen noch viele weitere hinzukommen.«

Die Worte zeigten Wirkung. Rosmarie Schaufelberger schaute zuerst ihn an und dann ihre Handrücken. Sie drehte die Handflächen nach oben und betrachtete ihre Fingerkuppen, als wolle sie sich selbst versichern, was sie mit diesen Händen alles aufgebaut hatte. Dann begann sie zögerlich zu sprechen: »Ewald ist kein böser Mann. Er hat für seine Familie immer alles getan, was er konnte. Aber manchmal reichte das nicht.« Bernauer erinnerte sich an ihr Gespräch bei seinem letzten Besuch. Er nickte leicht, um ihr Mut zu machen, weiterzusprechen. Sie nahm seine Aufforderung an und fuhr fort: »Wir haben zu Mittag gegessen und alles war wie sonst. Er trank seinen Kaffee und las Zeitung. Ich räumte ab und machte mich in der Küche an den Abwasch. Ich dachte, er macht seinen Mittagsschlaf, wie immer.« Sie zog hörbar die Nase hoch. »Als ich fertig war, ging ich in die Stube und schaute nach ihm. Er war nicht auf dem Sofa. Ich rief seinen Namen und suchte ihn im Haus, konnte ihn aber nicht finden. Im Flur fiel mir auf, dass die Schublade, in der wir die Streichhölzer aufbewahren, offen stand. Ich ging zur Tür und dann sah ich Ewald da stehen, vor der Scheune mit dem Rücken zu mir. Er stand da wie ein gebrochener Mann. In der linken Hand hielt er noch immer die Zündholzschachtel.« Wieder unterbrach sie für ein lang gezogenes Schniefen. Bernauer ließ sie weitererzählen: »Zuerst konnte ich nicht erkennen, was passiert war, und lief die Treppe runter zu Ewald. Als ich mit ihm auf gleicher Höhe war, bemerkte ich das Feuer. Ich konnte nicht glauben, was ich da sah. Die Flammen züngelten bereits an den Wänden hoch. Cornelias Atelier-Tisch brannte schon lichterloh. Zuerst dachte ich, ich könne noch das Schlimmste verhindern, und wollte in die Scheune rennen, um den Brand zu löschen. Da hielt mich Ewald am Handgelenk fest. Wir sind jetzt über 50 Jahre verheiratet. Aber mit so einer Kraft hat mich Ewald noch nie am Arm gepackt. Seinen ganzen Frust, seine ganze Trauer legte er in diesen Griff. Ich verstand, dass ich nichts mehr ausrichten konnte. Man kann meinem Ewald viel nachsagen. Aber wenn er sich eine Sache in den Kopf gesetzt hat, dann bringt er sie auch zu Ende, und zwar richtig.« Bernauer schien es so, als lächelte sie ganz leicht bei diesen Worten.

»Warum hat er es getan?«

»Ich denke, er hielt es einfach nicht mehr aus. Cornelia bedeutete ihm alles. Die Scheune war wie ein Schrein. Ich bin sicher mitschuldig. Ich habe immer alles sauber gehalten, habe uns die Erinnerung an Cornelia aufrechterhalten wollen. Auch wenn wir insgeheim wussten, dass sie wahrscheinlich nie mehr auftauchen würde.« Bernauer war überrascht ob dieser Selbsterkenntnis von Frau Schaufelberger, hielt sich aber nach wie vor zurück. Stattdessen ließ er sie weiterspekulieren: »Ich glaube, er musste einen Schlussstrich unter die Sache ziehen. Die Hoffnung auf ein Wiedersehen mit Cornelia hielt ihn am Leben, auch psychisch. Als Sie uns klarmachten, dass dies wahrscheinlich nie geschehen würde, ist Ewald durchgedreht. Die letzten Tage war er nicht mehr der Alte. Er hat kaum noch geredet und hat sich immer mehr abgekapselt. Ich hätte früher reagieren sollen. Wahrscheinlich ist alles meine Schuld.«

Bernauer setzte zu einem Dementi an, wurde aber von Frau Schaufelbergers Redeschwall daran gehindert: »Als die Polizei eintraf, stand er immer noch regungslos da. Sie versuchten, ihn anzusprechen. Es gelang ihnen nicht. Er ließ sich ohne Gegenwehr festnehmen. Ihre Kollegen haben ihn dann weggebracht, wohin auch immer.«

Bernauer wusste, wohin man die Leute in solchen Fällen brachte, sagte aber nichts, um Frau Schaufelberger nicht noch mehr zu beunruhigen. Dennoch schien es ihm, als sei es ihr ohnehin klar.

»Kommt mein Mann jetzt ins Gefängnis?«

»Ich weiß nicht, ob es grundsätzlich strafbar ist, seine eigene Scheune anzuzünden. Das müssen die Richter entscheiden. Ihr Mann braucht jetzt erst einmal Ruhe und eine gute Betreuung. Da, wo er jetzt ist, ist er gut aufgehoben. Sie sind eine starke Frau. Er braucht Sie nun mehr denn je. Passen Sie auf sich und ihn auf.« Mit diesen Worten erhob er sich. »Darf ich Ihnen noch eine Frage stellen, Frau Schaufelberger?« Ohne eine Antwort abzuwarten, fuhr er fort: »Gibt es irgendetwas von Cornelia, was wir als DNA-Abgleich verwenden könnten? Ein getragenes Kleidungsstück, eine gebrauchte Zahn- oder Haarbürste, irgendetwas?« Er kniff die Augen zusammen in Erwartung einer weiteren Schluchz-Attacke.

Sie blieb aus. Stattdessen fixierte ihn die Frau, als sähe sie durch ihn hindurch. »In der Wohnwand in der Stube finden Sie Connys Babyalbum. Auf der zweiten Seite klebt ihre erste Haarsträhne. Es ist das Einzige, was uns von ihr geblieben ist.« Sie starrte wieder zu Boden und wurde still.

Bernauer machte Anstalten, den Arm zu heben und seine Hand erneut auf ihre Schulter zu legen, besann sich dann aber eines Besseren. Er nickte ihr zu, auch wenn sie diese Geste nicht mitbekam, und ging zurück zum

Wohnhaus. Er redete kurz auf den dort postierten Feuerwehrmann ein, stieg die Treppe empor, öffnete die unverschlossene Tür, ging den Korridor entlang und betrat das Wohnzimmer. Das Album fand er in einem Schränkchen in der Wohnwand. Er entnahm der Strähne drei Haare und steckte sie vorsichtig in ein mitgebrachtes Plastiktütchen. Dann machte er sich auf den Weg zurück zum Alfa.

Ponte erwartete ihn bereits. »Hier können wir glaube ich nichts mehr tun, Capo.«

»So ist es, Michelangelo, so ist es.« Bernauer stieg ein und wartete geduldig, bis Ponte seine Giulia behutsam vom Hof fuhr.

KAPITEL 17

Der Raum hatte sich seit Bernauers Jugendzeit kaum verändert. Fast belustigt nahm er zur Kenntnis, dass noch immer dieselben Kronleuchter den Saal erhellten wie damals. Auch an die Stuckdecke hatte er gute Erinnerungen. Wie oft hatte er sie während seiner Schulzeit gedankenverloren angestarrt?

Die Aula war für den Elternabend gut gefüllt. In diesem Saal hatte er seinerzeit Musikunterricht gehabt und er erinnerte sich noch gut daran, wie sie am Samstagmorgen mit Schlaghölzern Perkussionsübungen machten. Ta-ta-tagatege-taa.

Es waren meist unbeschwerte Stunden, während derer man sich vom übrigen Schulstress in eine andere Welt flüchten konnte. Wie viel besser war es doch, sich eine Tonleiter rauf- und runterzuhangeln, als Lateinvokabeln zu rezitieren oder komplexe Gleichungen zu lösen.

Ob es den heutigen Schülern immer noch so erging, konnte er nicht genau sagen. Auf jeden Fall aber fand schon seit Jahren kein Unterricht mehr am Samstag statt. Bernauer empfand die Abschaffung des sechsten Schultages immer noch als bedauerlich, konnte aber verstehen, dass sich die Bedürfnisse vor allem der Eltern in der heutigen Zeit verändert hatten. Das Wochenende wurde voll ausgenützt mit Freizeitaktivitäten, Reisen und so weiter.

Da konnte man natürlich nicht warten, bis der Nachwuchs am Samstagmittag erst um halb eins zu Hause eintrudelte. Andererseits hinderte der Unterricht am Samstag damals die Jugendlichen daran, sich am Freitag allzu exzessiv in den Ausgang zu stürzen. Bernauer und seine Kollegen bekamen das deutlich zu spüren, wenn sie praktisch jeden Freitag eine Schlägerei auflösen mussten oder wegen randalierender Jugendlicher zu später Stunde auszurücken hatten. Dann wünschte er sich die gute alte Zeit zurück, als auch samstags gepaukt wurde.

Der Schulleiter unterbrach Bernauers nostalgische Gedanken: »Sehr verehrte Eltern, werte Kolleginnen und Kollegen, liebe Verwandte und Freunde unserer Schülerschaft. Es ist mir eine Ehre, Sie an unserer Schule begrüßen zu dürfen. Für viele von Ihnen ist es das erste Mal, dass eines Ihrer Kinder die Bezirksschule besucht. Lassen Sie mich deshalb ganz kurz ein paar facts and figures – wie dies unsere Englischlehrer sagen würden – unseres Instituts vorstellen.«

Es folgte eine 20-minütige, langfädige Aufbereitung der Geschichte der Schule und des Schulhauses, die weit ins letzte Jahrtausend zurückreichte. Der Schulleiter gefiel sich offenkundig sehr dabei und stellte sein zweifelhaftes Talent zur Schau, möglichst ausgefallene und animierte PowerPoint-Folien zu gestalten. Der Höhepunkt des schlechten Geschmacks war für Bernauer zu dem Zeitpunkt erreicht, als der damals neu errichtete Pyramidenbrunnen vor dem Schulhaus durch eine Handvoll ägyptischer Sklaven in Asterix-Manier auf seinen Platz geschleift wurde. Bernauer schickte für sich ein Stoßgebet gen Himmel, die Pyramide möge den Schulleiter erschlagen und für mindestens tausend Jahre unter sich begraben. Ein verstohlener Blick zu seiner Frau neben ihm verriet Bernauer, dass es ihr genauso ging. Er hatte ihr im Vorfeld des heutigen Abends versprochen, sich zu beherrschen und sich nicht zu abfälligen Bemerkungen auf Kosten der Schulleitung und der Lehrerschaft hinreißen zu lassen. Daran versuchte er sich krampfhaft zu halten, auch wenn es ihm gerade in diesem Augenblick schwerfiel.

Bernauer wusste nicht, ob er eingenickt war oder ob er immer noch intensiv seinen Gedanken nachhing, als er plötzlich merkte, dass es still wurde im Raum. Ein Anstupsen mit dem Ellbogen seiner Frau Kathrin verstärkte das komische Gefühl zusätzlich. Instinktiv schaute er nach vorne zum Rednerpult. Dort stand immer noch der Schulleiter. Aber er redete nicht mehr, sondern starrte Bernauer an. Diesem lief es kalt den Rücken hinunter. Ein Seitenblick verriet ihm, dass einige Leute im Saal sich nach ihm umdrehten und ihn ebenfalls ansahen. Bernauer wurde klar, dass er entweder im Schlaf geschrien, sehr laut geschnarcht oder aber der Schulleiter ihm eine Frage gestellt haben musste, die Bernauer nicht mitbekommen hatte.

Er schaltete sofort in den Taubmodus, richtete seine Augenbrauen in der Mitte nach oben, sodass sie einen kleinen Tannenbaum bildeten, reckte den Hals leicht nach vorne und drehte das rechte Ohr dem Schulleiter entgegen. Ein zaghaftes »Hmmm?« sollte seine Schwerhörigkeit theatralisch unterstützen. Damit hatte er ähnliche Situationen in der Vergangenheit ganz gut retten können – dieses Mal aber offensichtlich nicht. Unbeeindruckt von Bernauers Reaktion verzog der Schulleiter seine Lippen zu einem aufmunternden Lächeln, reckte nun seinerseits den Hals Richtung Bernauer und streckte das Kinn auffordernd nach vorne.

Bernauer blieb nichts anderes übrig, als schnellstmöglich die Taktik zu wechseln. »Doch, doch, genau so war es damals!«, sagte er so überzeugt, wie es in dieser Situation halt irgendwie ging. Zuerst starrten ihn der Schulleiter und die Leute im Saal ungläubig an. Dann begann der Rektor laut zu lachen und der ganze Raum fiel ins Gelächter ein.

»Sie sind mir einer, Herr Bernauer!«, gluckste der Schulleiter. »Und das, wenn man bedenkt, in was für einer Position Sie heute sind. Aber Sie sehen, liebe Gäste, auch aus den schwierigsten Schülern kann an unserer Schule noch etwas werden.«

Bernauer wäre am liebsten im Boden versunken. Leider wäre er dann im darunterliegenden Zeichnungssaal gelandet – und an den hatte er gar keine guten Erinnerungen. Wenn er sich recht entsann, hatte er die Tür dieses Raums während seiner Bezirksschulzeit häufiger von außen als von innen gesehen. Die Meinungen von ihm und seinem Kunstlehrer, welches Ambiente und welche Lautstärke in einem kreativen Umfeld zu herrschen hatten, gingen stark auseinander. Genauso wie die Auffassungen, wer am längeren Hebel saß.

Der Schulleiter löste die Plenumsveranstaltung auf, indem er auf einen Plan verwies, der neben der Saaltür angeschlagen war. Die Eltern waren auf verschiedene Klassenlehrer aufgeteilt worden und sollten sich nun in bestimmten Schulzimmern mit diesen treffen – im kleineren Rahmen.

Auf dem Weg in den zugewiesenen Raum nutzte Bernauer die kurze Gelegenheit, sich verstohlen an Kathrin zu wenden, nicht ohne sich vorher zu vergewissern, dass niemand mithörte: »Was wollte der Rektor von mir wissen?«

Mit einem breiten, fast triumphierenden Lächeln auf den Lippen antwortete seine Frau: »Er erzählte der versammelten Elternschar gerade, dass man den Kiosk auf dem Schulgelände leider während der Pausen schließen musste, weil viel zu viel gestohlen wurde. Anscheinend sprachen sich die Schüler ab und es kam zu geplanten Rudelbildungen vor dem Verkaufstresen. In der allgemeinen Unordnung verschwand das eine oder andere in den Taschen der Schüler. Der Rektor wollte von dir wissen, ob du damals auch dabei warst.« Ihr Gatte lief puterrot an und blieb einen Augenblick ungläubig stehen. Kathrin blickte keck lächelnd über ihre rechte Schulter zu ihm zurück. Dann beeilte er sich, ihr zu folgen.

Bernauer und seine Frau fanden sich just im Zeichnungssaal wieder mit etwa zehn anderen Paaren, die sich nun etwas unbequem auf die Hocker hinter den großen Tischen setzten. Die Tischordnung war immer noch dieselbe wie vor etlichen Jahren. Die 16 Tische bildeten eine große Fläche in der Mitte des Raums und die Drehstühle waren darum herum verteilt, jeweils zwei an einem Tisch. Auf diese Weise saßen sich die Schüler beim Zeichnen gegenüber und konnten so beobachten, was die anderen bewerkstelligten. Wahrscheinlich sollte dies der Inspiration dienen. An der Wand gegenüber der großen Fensterfront waren einige Kunstwerke aufgehängt. Sie waren mit unterschiedlichen Techniken gefertigt und stellten wohl eine Art Best-Off der vergangenen Jahre dar.

Die Lehrerin schwebte hinter einem Paravent hervor. Sie trug einen wallenden, knöchellangen Rock, eine Bluse mit arabischen Verzierungen und ein Foulard mit diesen kleinen Stoffkügelchen, von denen Bernauer nicht wusste, wie sie hießen. Die gleichen Bällchen trugen aber spanische Tänzer an der Hutkrempe.

Die Lehrerin stellte sich als Frau von Arx vor. Beim Reden bewegten sich die riesigen Ohrringe im Takt ihrer Kieferbewegungen. Die silbern eingefassten Steine hatten sicher eine esoterische Bedeutung und sollten wohl vor irgendeinem Humbug oder gefährlicher Handystrahlung schützen, vermutete Bernauer.

Nach einer kurzen Vorstellung ihres Tätigkeitsgebiets und ihrer Ziele mit den Schülern für dieses Jahr lud Frau von Arx die Anwesenden ein, sich mit ihr persönlich zu unterhalten, um gegenseitig die Schwingungen spüren zu können. Bernauer schauderte. Seine Frau zerrte ihn hinter sich her in Richtung Lehrerin, ohne dass er sich groß hätte wehren können.

»Herr und Frau Bernauer! Es freut mich, Sie endlich kennenzulernen.« Bernauer und seine Frau sahen sich erstaunt an.

»Ihre Tochter Laura hat ein außergewöhnliches künstlerisches Talent.«

Wieder sahen sich die Eltern an, diesmal noch erstaunter.

»Doch, doch«, kommentierte Frau von Arx, die offenbar das Erstaunen der beiden mitbekommen hatte. »Die Art, wie Laura Ihre Umwelt auf Leinwand oder Papier bannen kann, sieht man selten. Sie zeugt von einer besonders hohen Affinität zum Kreativen.« Das muss sie dann wohl von ihrer Mutter haben, dachte Bernauer. »Sehen Sie hier.« Frau von Arx schwebte zu einem der aufgehängten Bilder hinüber. Es war ein großformatiges Werk mit einer wilden Farbkombination. Auf die Leinwand waren Gipsfetzen geklatscht und mit reichlich Klarlack fixiert worden. Bernauer verspürte den Drang, Ordnung in dieses Chaos zu bringen, widerstand aber der Eingebung, mit dem Fingernagel etwas von der bröckeligen Farbe abzukratzen.

»Ein Geniestreich …« Die Lehrerin geriet ins Schwärmen: »Dieses Gespür für Farbe und Material. Diese Hingabe im Entstehungsprozess und im Abschluss des Werks … einfach fantastisch!«

Bernauer und seine Frau waren natürlich stolz, diese Worte über ihre Tochter zu hören, konnten sich aber nicht wirklich einen Reim darauf machen, was die Lehrerin genau meinte. Beide nickten gleichzeitig anerkennend und bewahrten so den Schein, sie sähen die Sache genauso wie Frau von Arx. Um ein Schmunzeln zu kaschieren, wandte sich Bernauer ab und betrachtete das nächste Bild zu seiner Rechten. Es war kleiner als Lauras Werk und weniger wild gestaltet. Es zeigte eine Landschaft, wahrscheinlich irgendwo im Schweizer Mittelland. Die Hügel waren mit einem derart feinen Strich gemalt, dass sie Bernauer sofort in ihren Bann zogen. Die Szenerie war an sich nichts Besonderes. Aber irgendetwas ließ ihn nicht mehr los. Ja, das Bild prägte sich direkt in seine Seele ein und berührte ihn in seinem Innersten. Er musste sich einen bewussten Ruck geben, um sich vom Gemälde lösen zu können. Er taumelte einen Schritt zurück und schüttelte kurz den Kopf, um sich zu fangen. Als er die Augen wieder öffnete, starrten ihn die beiden Frauen besorgt an.

»Geht es dir gut, Steph?« Seine Frau legte ihre Hand auf seine Schulter.

»Ja, ja … es ist nur … dieses Bild. Es ist … faszinierend gut.«

Die Lehrerin lächelte verständnisvoll. »Den meisten Betrachtern geht es so wie Ihnen, Herr Bernauer. Dieses Bild sendet eine Botschaft aus, die einen stark berührt. Ich bin stolz, dass es in meinem Unterricht geschaffen wurde.«

Bernauer besah sich das Bild noch einmal und erkannte am unteren rechten Rand ein paar Buchstaben. Er beugte sich vor und las von oben nach unten CONNY.

»Das Bild stammt von Cornelia Schaufelberger?«, fragte er die Lehrerin so beiläufig, wie es eben ging.

»Cornelia Schaufelberger. Was für eine talentierte Künstlerin!«

»Sie kannten sie?«

»Ja. Eine wunderbare Person und extrem gut in ihrem Fach. Ich konnte ihr während unserer gemeinsamen Zeit hier an der Schule nur wenig beibringen. Wenn eine Schülerin diese Gabe hat, kann ich mit meinen bescheidenen Fähigkeiten nicht groß weiterhelfen.«

Bernauer seufzte innerlich. Er mochte Leute nicht, die nach außen tiefstapelten, insgeheim aber felsenfest von sich überzeugt waren. Dieses Verhalten hatte er schon während der Schulzeit nicht ausstehen können; wenn etwa einer seiner Mitschüler die Leistung in einer Prüfung herunterspielte und Bernauer genau wusste, dass sein Kommilitone wahrscheinlich die Bestnote erreichen würde.

Die Lehrerin riss ihn aus seinen Gedanken: »Es ist schon eine Tragödie, was mit Cornelia passiert ist. Conny und ich hatten auch nach der Schulzeit regelmäßig Kontakt. Natürlich wollte ich wissen, wie es meiner besten Schülerin im Leben ergeht und welche Werke sie schafft. Wir hatten noch telefoniert und sie hat mir gesagt, dass sie sich sehr auf die bevorstehende Ausstellung ihrer Werke freut. Und dann verschwindet sie von einem Tag auf den anderen spurlos!«

Nicht ganz so spurlos, dachte Bernauer, sagte aber nichts, sondern ließ Frau von Arx weitersprechen.

»Da hat sicher dieser Hartmeier etwas damit zu tun.«

Nun wurde Bernauer vollends hellhörig. »Wie meinen Sie das, Frau von Arx?«

»Na ja. Cornelia arbeitete ja bei diesem Typen drüben in Eggenwil. Der alte Hartmeier ist ja ganz in Ordnung, aber sein Sohn ...«

»Sie meinen Gregor Hartmeier?«

»Genau. Mit dem stimmt doch etwas nicht. Dem sind das ganze Geld und die Firma zu Kopf gestiegen. Ich habe Conny noch gewarnt, sie solle sich nicht mit dem einlassen. Aber sie wollte ja nicht auf mich hören. Cornelia war schon immer etwas – wie soll ich sagen? – flatterhaft. Eine Eigenschaft, die ihr als Künstlerin sicherlich zugutekam. Aber wo die Liebe hinfällt ...«

Bernauer starrte die Lehrerin mit offenem Mund an. Seiner Frau war dies nicht entgangen und sie hievte den Unterkiefer ihres Mannes mit einer ganz leichten Handbewegung wieder in die geschlossene Position zurück, wofür sie einen genervten Blick von Bernauer erhielt.

Schnell fand er die Fassung wieder: »Sie wollen uns also erzählen, Hartmeier junior und Cornelia Schaufelberger waren ein Liebespaar?«

»Genau so war es. Das hatte mir Cornelia selbst erzählt. Offenbar war sie sehr beeindruckt von ihrem Chef. Eins führte zum anderen und – voilà. Wenn Sie mich fragen, eine Amour fou.«

Bernauer hatte genug gehört. »Besten Dank, Frau von Arx, für Ihre Auskünfte. Bitte halten Sie sich für weitere Fragen bereit. Wir melden uns bei Ihnen.«

Mit diesen Worten zog er seine Frau aus dem Raum und ließ eine verdatterte Lehrerin zurück.

»Sag mal, was sollte das denn jetzt?«, protestierte Kathrin. »Wir wollten doch über Laura sprechen, und du kommst hier an mit deinem Verhörstil!«

Bernauer verstand den Vorwurf erst nicht, schämte sich dann aber für seine Rüpelhaftigkeit und seine Déformation professionnelle.

»Es tut mir leid. Aber der Fall lässt mir einfach keine Ruhe!«

KAPITEL 18

»Es ist nicht gerade ein Gürteltier.«

Ponte legte die dünne Kartonmappe am Nachmittag des nächsten Tages auf Bernauers Schreibtisch. Dieser blickte von der Tageszeitung hoch und nickte Ponte kurz zu. Gürteltiere waren dicke Aktendossiers, die mit einem Gurt zusammengehalten werden mussten und die eine oder den anderen beim Herumtragen an den Rand eines Bandscheibenvorfalls brachte. Trotz der Leichtigkeit der Akte Ibn-Mohamed benützte Ponte einen kleinen metallenen Wagen, um die Papiere zu transportieren. Bernauer faltete die Zeitung und legte sie beiseite.

»Immerhin hat die Presse von unserem Fall noch keinen Wind bekommen. Oder zumindest schreiben sie nichts darüber. Wäre gut, wenn das so bliebe. – Dann wollen wir mal sehen …«

Mit diesen Worten öffnete Bernauer den Aktendeckel und begann zu lesen. Ponte wusste, dass er den Chef in solchen Situationen besser allein ließ, und zog sich gekonnt zurück.

Die dünne Mappe gab wenig her. Offenbar war der Afghane nicht straf- oder sonst wie auffällig geworden. Trotzdem wurde nach seinem plötzlichen Verschwinden eine Akte angelegt. Ein paar Interviews mit Mitarbeitenden der Asylunterkunft, wo Navid gewohnt hatte, und mit weiteren Personen. Darunter auch Angestellte der Hartmeier AG. Insgesamt war nichts Brauchbares dabei. Niemand wusste, warum Navid plötzlich verschwunden war oder wohin er gegangen sein könnte. Die Abreise war anscheinend überstürzt erfolgt. Er hatte die meisten seiner Habseligkeiten in der Unterkunft zurückgelassen. Die Kollegen, die den Fall betreuten, fanden aber darin keinen Hinweis auf sein mögliches Reiseziel oder seinen Aufenthaltsort.

Gemäß den Mitarbeitenden der Asylunterkunft sei es nicht ungewöhnlich, dass einer ihrer Bewohner von einem Tag auf den anderen verschwand. Meistens seien es jedoch abgewiesene Asylbewerber, die untertauchten. Aber es komme auch vor, dass andere verschwanden. So geschehen bei Navid Ibn-Mohamed.

Er durchlief die klassische Migrantenkarriere: Geboren in der Nähe von Dschalalabad kam er schon als Kind in Kontakt mit den Schrecken des Krieges. Nachdem sein Dorf von den Taliban geplündert und schließlich von den Amerikanern dem Erdboden gleichgemacht worden war, flüchtete er zunächst nach Kabul und schlug sich dann über Kunduz nach Turkmenistan durch. Von dort ging es weiter per Schiff, Zug und Bus über die Türkei und Griechenland nach Italien. Über die grüne Grenze schaffte es Navid bis nach Mendrisio, wo er aufgegriffen und im Rahmen der Asylantenabkommen dem Aargau zugewiesen und nach Bremgarten verbracht wurde.

Mit dieser Vergangenheit war Navid ein Meister des Untertauchens und des Wanderns auf verschlungenen und verborgenen Pfaden. Bernauer war sich sicher, dass man Navid nicht finden würde, wenn dieser das nicht wollte.

Man musste also dafür sorgen, *dass* er es wollte. Zunächst hatte Bernauer aber vor, es auf die konventionelle Art zu versuchen. Er ließ ihn offiziell zur Fahndung ausschreiben.

Mit sich zufrieden wandte sich Bernauer seiner Computertastatur zu, als er von einem Vibrieren seines Smartphones überrascht wurde: »Bin da. Freue mich auf dich.« Die Textnachricht ließ ihm beinahe das Blut in den Adern gefrieren. Wie hatte er das vergessen können! Er würgte seinen Computer ab, ohne ihn ordentlich herunterzufahren, schnappte sich seine Jacke vom Kleiderständer und stürmte aus dem Büro.

Am Postplatz angekommen, warf er seinen Drahtesel förmlich in den Fahrradständer und schloss hastig ab. Völlig außer Atem und ziemlich durchnässt gesellte er sich zu der wartenden Gruppe von mehr oder weniger prominenten Zeitgenossen, die dicht gedrängt unter einem Vordach vor dem Dauerregen Schutz suchten.

Mit einem gekeuchten »Hallo« umarmte er seine Frau von hinten. Diese bedachte ihn mit einem eiskalten Blick und wand sich, für Bernauers Begriffe etwas zu theatralisch, aus seiner Umarmung. Das würde am Ende des Abends eine Standpauke bedeuten. Er wollte gerade zu einer Erklärung ansetzen, als die Stadtführerin zu sprechen begann.

Trotz des miesen Wetters machte die kleine, leicht untersetzte Frau um die 60 einen aufgeräumten Eindruck. Vielleicht lag es aber auch an ihrem knallbunten, riesigen Schirm, den sie lässig über ihre linke Schulter gelegt hatte.

»Meine sehr verehrten Damen und Herren, werte geladene Gäste. Willkommen auf einer Reise in die Vergangenheit.«

Bernauer verdrehte die Augen, immer darauf bedacht, dass ihn niemand dabei beobachtete.

»Wir könnten uns auch heimlich aus dem Staub machen und einen schönen Abend zu zweit verbringen«, versuchte er seine Frau aufzumuntern.

Wieder erntete er diesen Blick von ihr, diesmal flankiert von einem energischen »Pssst!«.

Die Stadtführerin fuhr fort: »Mein Name ist Martha Birchmeier und ich darf Sie durch unser wunderschönes Städtchen führen. Natürlich weiß ich, dass Sie Bremgarten sehr gut kennen. Deshalb versuche ich, Ihnen auf verschlungenen und verborgenen Pfaden ein paar weniger bekannte Orte und Begebenheiten vorzustellen.«

Bernauer musste unweigerlich an Navid und seine Geschichte denken.

Er hörte Frau Birchmeier fortfahren: »Natürlich darf aber eine Besteigung des Spittelturms nicht fehlen. Trotz des schlechten Wetters ist die Aussicht einfach traumhaft und sie erlaubt es Ihnen, unsere Stadt aus einer ganz anderen Perspektive zu sehen.«

Zustimmendes Gemurmel aus den Reihen der Zuhörer.

»Bitte folgen Sie mir nun zu unserer ersten Station, dem Geburtshaus Heinrich Bullingers.«

Der Schirm setzte sich in Bewegung. Natürlich musste sich der Stadtammann gleich zur Stadtführerin dazugesellen. Dass er ihr nicht sogleich den Schirm trug, wunderte Bernauer dann doch ein bisschen. Diesen Part übernahm stattdessen Staubli. Er gab den galanten Herrn von Welt und strotzte vor Energie. So hatte ihn Bernauer während der Arbeit seit seinem Amtsantritt noch nie gesehen. Außerdem wunderte er sich, wie Staubli an eine Einladung zu diesem exklusiven Anlass gekommen war.

Nach den ersten paar Stationen fand sich die Gruppe am Fuß des Spittelturms wieder. Ein paar Erläuterungen der Stadtführerin stimmten ein für den Aufstieg im Turm, den die Besucher nun zu bewerkstelligen hatten. Frau Birchmeier schloss eine unscheinbare Holztür auf und bedeutete den Gästen einzutreten.

Die steile Stiege endete auf einer großzügigen Holzplattform im obersten Stock. Bernauer war einer der Letzten, die oben ankamen. Die aus seiner Sicht viel zu unsichere Treppe hatte ihm schon genug Mut abverlangt. Da musste er nicht auch noch auf der uralten und sicher reichlich morschen Holzfläche von nachfolgenden Besuchern bedrängt werden. Er stellte sich in eine Ecke des Turms und beobachtete mit Genugtuung, dass seine Frau eine Gesprächspartnerin gefunden und er somit ein paar Minuten Ruhe hatte und sich mit seiner Höhenangst auseinandersetzen konnte. Er bildete sich ein, sich bei einem Einsturz der Plattform an den grob gearbeiteten Wänden des Turms festhalten zu können, während die anderen Besucher in die Tiefe stürzen würden. Langsam und mit äußerster Vorsicht machte er einen Schritt nach links, darauf bedacht, die Hand nicht von der Mauer zu nehmen; sicher war sicher.

Behutsam beugte er sich nach rechts vorne und lugte durch eine schmale Aussparung ins Freie. Ihm bot sich ein atemberaubender Ausblick über die in dezentes Licht getauchte Altstadt. Der Regen zauberte glitzernde Schlieren in das Idyll. Bernauer atmete die frische, kühle Luft ein und entspannte sich ein wenig. Sein Blick reichte bis zum Turm der katholischen Kirche und weit darüber hinaus bis zur Kaserne und Fohlenweide und den dahinterliegenden Wäldern. Das Rauschen der nahe gelegenen Reuss war trotz des Regens deutlich zu hören und lieferte den richtigen Soundtrack für die Szenerie.

KAPITEL 19

»Schön, nicht wahr?«

Bernauer fuhr zusammen und wäre beinahe aus dem Fenster gefallen. Zum Glück hatte er seine Sicherung.

»Oh, entschuldigen Sie bitte! Ich wollte Sie nicht erschrecken.«

Die Stadtführerin hob beschwichtigend beide Hände. Der Schalk in ihren Augen und das verschmitzte Lächeln auf ihrem Gesicht verrieten, dass die Entschuldigung wohl nicht ganz ernst gemeint war. Bernauer nahm sie ihr denn auch nicht ab.

»Schon gut«, sagte er etwas zu schroff, sodass er befürchtete, sie würde sich gleich wieder von ihm abwenden. Aber sie schien wirklich an einem Gespräch interessiert zu sein.

»Dafür lohnt es sich zu arbeiten. Finden Sie nicht auch?«

»Was meinen Sie?«

»Na, unsere Stadt. Unsere Herkunft.«

Bernauer fand das reichlich pathetisch, wollte Frau Birchmeier aber nicht vergraulen und machte daher lediglich »mhmmm«.

Sie wiederum schien das als Aufforderung zu verstehen, weiterzusprechen: »Sie sorgen für unsere Sicherheit und ich mache den Leuten verständlich, dass wir in einer schützenswerten Gegend leben dürfen. Wissen Sie, das war ja nicht immer so. Es gab Zeiten, da machten sich die

Leute nichts aus unserer schönen Altstadt und wussten nichts damit anzufangen. Häuser wurden, wenn überhaupt, irgendwie restauriert und in allen nur erdenklichen Farben angestrichen. Wertvolle Fassadenmalereien wurden einfach übertüncht. Zum Glück weiß man diese Werte heute besser zu schätzen.«

Sie legte eine Pause ein und musterte Bernauer eindringlich, wohl prüfend, ob er auch auf ihrer Seite war.

Er hielt dem Druck stand und antwortete: »Genau. Und dann dachte man: ›Ach, jetzt haben wir so eine schmucke Altstadt, da verkaufen wir dem Bund die schönsten Parzellen an der Reuss und der knallt dann dort eine schöne, grüne Beton-Kaserne hin.‹ Bravo! Das nenne ich Ortsbildschutz!« Wieder war die Antwort heftiger ausgefallen als von Bernauer beabsichtigt.

Aber auch Frau Birchmeier blieb standfest: »Ja, da ist was dran. Das ist nicht gerade ein Ruhmesblatt. Aber damals war man auf die Bundesgelder angewiesen und das Handwerk erhoffte sich natürlich Mehreinnahmen. Ein paar wenige haben dann auch tatsächlich davon profitiert; insbesondere auch das horizontale Gewerbe. Übrigens schon seit Jahrhunderten ein florierender Wirtschaftszweig in Bremgarten. Aber seit dem Abgang der letzten Rekrutenschule hat die Ernüchterung Einzug gehalten. Das Geld und die meisten leichten Damen sind abgezogen.« Sie lächelte wieder ihr verschmitztes Lächeln. Langsam wurde sie Bernauer sympathisch.

»Und dann wurde die Kaserne ja als Asylantenheim, also als Durchgangszentrum benutzt«, warf er ein.

»Genau genommen nur ein Teil der Kaserne«, berichtigte ihn die Stadtführerin. »Wiederholungskurse der

Armee finden weiterhin in Bremgarten statt. Aber Sie haben recht mit dem Durchgangsheim. Da fällt mir etwas ein. Kommen Sie!«

Bernauer hatte keine Gelegenheit, etwas zu erwidern.

Frau Birchmeier drehte sich um, durchschritt den Raum und winkte Bernauer vom gegenüberliegenden Fenster zu sich. Er tat, wie ihm geheißen. Die Überquerung der Plattform und die damit verbundene Aufgabe seiner Sicherung kosteten ihn allerdings eine gehörige Portion Überwindungskraft und er überquerte die Plattform äußerst ungelenk. Schließlich trat er neben sie.

»Dort hinten.« Sie machte eine leichte Bewegung mit dem Kinn in Richtung Fenster.

»Wo?« Bernauer verstand nicht, worauf sie hinauswollte.

»Also: Dahinten liegt Zufikon. Und etwas weiter hinten der Flachsee. Dieser wurde allerdings erst in den 1970er-Jahren geschaffen, durch den Neubau des Kraftwerks im Emaus.«

Solange sich Bernauer erinnern konnte, gab es diesen Stausee mit seinem über die Landesgrenzen hinaus bekannten Vogelschutzreservat. Dass es damals durchaus Opposition gegen den See und das Kraftwerk, das die Reuss staute, gab, kam ihm aus heutiger Sicht absurd vor. So sehr hatten sich die Menschen an das Idyll gewöhnt. Es zog jedes Wochenende Scharen von Ausflüglern an, die sich im Naherholungsgebiet tummelten. Nicht nur zum Vorteil der Tiere und der Landschaft.

Martha Birchmeier riss ihn aus seinen Gedanken: »Also eben, dahinten beim Flachsee befindet sich der Weiler Geisshof. Heute ein ruhiger und beschaulicher Ort. Aber das war nicht immer so. In den Jahren 1940 und

1941 befand sich dort ein Lager für polnische Kriegsgefangene und jüdische Flüchtlinge. Die Polen kämpften auf französischer Seite für die Résistance gegen die Deutschen und flüchteten nach der Niederlage in die Schweiz. An der Grenze wurden sie entwaffnet und in große und kleine Lager in der ganzen Schweiz verteilt. Auch auf dem Hasenberg gab es übrigens ein solches Lager.« Dabei machte sie eine ausladende Handbewegung nach links. »Oder auch hier in Bremgarten selbst. Im Kloster St. Klara hatte man damals behelfsmäßig ein Lager eingerichtet. Die Räumlichkeiten waren für die vielen Menschen zu eng und die hygienischen Verhältnisse bedenklich. Viele hat man nach kurzer Zeit wieder weiterverlegt. Im Geisshof standen damals hingegen mehrere Baracken für 70 bis 80 Insassen.«

»Ein Konzentrationslager in der Region Bremgarten?« Bernauer war ehrlich erstaunt.

»Na ja. ›KZ‹ konnte man das nicht gerade nennen. Natürlich wurden die Leute zur Arbeit gezwungen und mussten täglich zum Appell erscheinen. Aber sie erhielten einen bescheidenen Lohn und durften alle vier bis fünf Wochen einen Tag freinehmen, um zum Beispiel nach Zürich zu fahren. Außerdem waren die Sonntage arbeitsfrei. Die Platzverhältnisse waren allem Anschein nach etwas besser als zum Beispiel in Bremgarten. Auch einen Aufenthaltsraum gab es. Aber ein Ferienlager war es bestimmt nicht. Man erzählt sich, dass der Lagerleiter ein ziemlicher Sadist gewesen sei. Aber wie gesagt, in anderen Lagern waren die Zustände noch schlimmer, gerade auch auf dem Hasenberg. Die dortige Unterkunft konnte man kaum genügend heizen im Winter. Die Schweiz war damals schlichtweg überfordert mit den ganzen Flüchtlingsströmen. Aber das ist heute in Europa auch nicht viel anders. Wie dem auch sei, im Weiler Geisshof mussten die Insassen tagein, tagaus Steine klopfen, um die umliegenden Straßen zu bauen. Auch Drainagen wurden gelegt. Nicht gerade eine angenehme Arbeit, wenn Sie mich fragen.«

»Sie meinen, die Straßen rund um den Geisshof wurden von Kriegsflüchtlingen gebaut?« Bernauer befuhr sie oft mit dem Fahrrad. Dass Lagerinsassen für sie hatten schuften müssen, stimmte ihn nachdenklich.

»Genau genommen waren es nicht nur Flüchtlinge, sondern eben auch Kriegsgefangene oder sagen wir einfach Internierte. Sogar bis nach Oberwil wurde eine Straße gebaut. Ursprünglich war geplant, hinter dem Weiler Geisshof eine Brücke über die Reuss zu erstellen Richtung Hermetschwil. Die Straße wäre der Zubringer gewesen. Das Projekt wurde dann aber verworfen und die Brücke nie gebaut. Und im Sommer 1941 wurde das Lager aufgelöst und die Insassen auf andere Unterkünfte verteilt. Eigentlich nicht viel anders als heute mit dem Durchgangszentrum. Sie sehen, Herr Bernauer, das idyllische Freiamt hatte durchaus auch seine dunklen Kapitel. An die damalige Zeit erinnert etwas abseits beim Geisshof einzig noch ein einfacher Gedenkstein.«

Eine Weile schwiegen die beiden und sinnierten jeder für sich über das Gesagte.

Ein völlig deplatziert lautes »Na, ihr zwei Turteltäubchen?« des Tourismusdirektors katapultierte sie wieder in die Realität zurück.

Patrick Honegger war seit gut drei Jahren für das Tourismusbüro in Bremgarten zuständig. Mit seiner umtriebigen Art und seinen modernen Ideen schaffte er sich nicht nur Freunde. Bisweilen eckte er vor allem bei den alteingesessenen Gewerblern stark an. Bernauer konnte mit Honegger nicht viel anfangen; zu oberflächlich erschien er ihm. Aber er musste zugeben, dass Honegger seit seinem Amtsantritt bereits einiges erreicht hatte und die Besucher- und Übernachtungszahlen im Städtchen merklich nach oben gingen. Aufgrund dieser Tatsache konnte der Tourismusdirektor sich der Rückendeckung durch den Stadtammann sicher sein.

Bernauer verabschiedete sich mit einem freundlichen Nicken von der Stadtführerin und wandte sich um. Die ersten Gäste stiegen bereits wieder die steile Holztreppe hinunter. Bernauer beeilte sich, ihnen zu folgen.

KAPITEL 20

Die Führung endete mit einem Apéro im neu renovierten Hexenturm. Auf dem Weg dorthin wurden den Teilnehmern weitere interessante Informationen über die Stadt und deren frühere Bewohner vermittelt. Frau Birchmeier war wahrlich eine Meisterin ihres Fachs und schaffte es immer wieder, auch noch so Kulturresistente mit den bildhaft vorgetragenen Szenen der Vergangenheit in ihren Bann zu ziehen.

Beim Turm angekommen, ließ die Stadtführerin die Besucherschar innehalten. Sie wandte sich ab und ging ein paar Schritte von der Gruppe weg. Ihren Regenschirm übergab sie beiläufig einem verdutzt dreinblickenden Mann mittleren Alters. Mit dem Rücken zum Publikum reckte sie die Arme in die Höhe und begann mit beiden Händen wild zu fuchteln. Der strömende Regen durchnässte ihre Haare im Nu. Das Wasser lief ihr in Rinnsalen vom Kopf auf die Schultern und ihren Nacken und durchnässte ihr Oberteil sofort. Verblüfft starrten die Besucher sie an.

Plötzlich begann sie am ganzen Körper zu zittern. Ihre Arme und Beine vollführten nun wilde Bewegungen. Ihr ganzer Körper zuckte unkontrolliert. Mit einem Mal wandte sie sich ruckartig um, starrte mit weit aufgerissenen Augen irr in die Menge, zeigte mit dem rechten Zeigefinger auf die schockierten Leute und schrie: »Sie da!«

Die Teilnehmer der Führung wandten sich um, um auszumachen, wen die offenbar verrückt gewordene Stadtführerin meinte.

»Ja, genau Sie da!«

Die Augen der Menge waren nun auf eine Person gerichtet, welcher der ganze Spuk offenbar galt.

Es war Kathrin Bernauer.

Diese zuckte merklich zusammen, blieb aber stehen und versuchte, dem stechenden Blick von Frau Birchmeier standzuhalten.

»Leugnen Sie es nicht!«, schrie diese weiter. Und an die anderen der Gruppe gewandt: »Diese Frau steht mit dem Teufel im Bunde!« Dabei breitete sie beide Arme zur Seite aus und ließ den Blick von einer Seite zur anderen wandern.

Ungläubiges Schweigen.

Sogar Staubli verkniff sich einen Spruch zu Lasten seines Vorgesetzten, mit dem Frau Bernauer ja verheiratet war. Mit seinem Chef war Staubli nicht immer gleicher Meinung. Ihn aber gleich als Teufel zu bezeichnen, ging sogar ihm zu weit.

»Diese Frau benutzt ihre Zauberkräfte, um Unheil über uns zu bringen«, klagte die Stadtführerin an.

»Na, hören Sie mal«, wehrte sich Kathrin Bernauer.

»Sie leugnet erneut ihre Machenschaften!«, wandte sich die Stadtführerin nun wieder an die Gruppe. »Aber es gibt Beweise! Jahaa, da staunst du, Teufelsweib!«

Nun wurde es Bernauer zu viel. Wer seine Frau dermaßen beleidigte, bekam es mit ihm zu tun. Er schälte sich aus der Menge und machte einen Schritt auf die Stadtführerin zu.

»Weiche zurück, armer Ungläubiger!«, schallte es ihm

entgegen. »Merkst du denn nicht, dass diese Frau dich mit ihrem Liebestrank gefügig macht? Nur Hexen haben diese Zauberkräfte! Auf den Scheiterhaufen mit ihr!«

Mit einem süffisanten Lächeln machte die Stadtführerin einen Schritt zur Seite und verneigte sich vor ihrem Publikum. Der Stadtammann war der Erste, der die Fassung zurückgewann und zögerlich zu klatschen begann. Nach und nach setzten auch die anderen Gäste ein und schließlich erhielt Frau Birchmeier tosenden Applaus.

Bernauer war erleichtert und nahm seine immer noch etwas unter Schock stehende Frau in den Arm.

»Ganz so unrecht hat sie ja nicht, du kleine Hexe«, raunte er ihr liebevoll ins Ohr. Den folgenden leichten Ellbogenhieb seiner Frau deutete er als Liebesbeweis.

»Tja, meine Damen und Herren«, schloss die Stadtführerin, »so konnte es damals im 16. Jahrhundert gehen. Viele Unschuldige wurden angeklagt, gefoltert und verurteilt. Hier, im sogenannten Hexenturm, der damals freilich noch anders hieß, wurden die Bemitleidenswerten im Verlies eingekerkert und oftmals gefoltert. Gericht gehalten wurde aber in Zürich und nicht hier in Bremgarten. Apropos Gericht: Ich bin sicher, man hat uns im Turm bereits ein paar ganz leckere Gerichte bereitgestellt. Bitte folgen Sie mir nun ins Innere.«

Die Besucher stiegen hintereinander die schmale Außentreppe aus Metall hoch, die sich eng an die Rundung des Turms anschmiegte, in den ersten Stock. Staubli war ganz vorne anzutreffen, wie immer, wenn es umsonst etwas zu essen gab. Frau Birchmeier nutzte die Gelegenheit und trocknete sich mit einem gereichten Handtuch die nassen Haare.

Oben versammelte sich die Gesellschaft zunächst auf dem eingezogenen Holzboden. In der Mitte des Bodens sah man deutlich die Umrisse einer Falltür. Die Stadtführerin erklärte, dass der Turm nicht nur als Bollwerk in der Stadtmauer diente, sondern eben auch als Kerker für vermeintliche Hexen. Diese wurden an einem Seil über eine Seilwinde durch die Falltür hinabgelassen und dort oft monatelang gefangen gehalten. Die nahe Reuss sorgte dafür, dass der Keller des Turms dauerhaft feucht blieb und die Eingesperrten ein bedauernswertes Dasein fristen mussten. Die restaurierte Umlenkrolle des Flaschenzugs baumelte als Dekorationsstück von der Decke über ihnen. Mittels eines grob gezimmerten Rads konnte das Seil auf und ab bewegt werden. Durch eine Luke in der Falltür konnte nach den Gefangenen geschaut werden. Sie diente auch als Durchreiche für Essen und Trinken, was zur damaligen Zeit wohl gelinde gesagt etwas spärlich gewesen sein dürfte. Frau Birchmeier öffnete die Falltür und forderte die Teilnehmenden auf, einen Blick hinabzuwerfen. Ein Drahtgitter verhinderte das versehentliche Hinunterfallen. Bernauer wagte einen Blick über den Rand der Falltür. 20 Meter unter sich sah er den Holzboden im Parterre. »Der Boden wurde nachträglich eingebaut. Darunter geht es noch anderthalb Meter weiter runter«, klärte die Stadtführerin die beeindruckten Zuschauer auf.

Nachdem sie zwei steile Holztreppen in den dritten und obersten Stock gestiegen waren, fanden sie sich in einem großen Raum mit Kochzeile wieder. Schmale Fensteröffnungen waren in die Mauern des Turms eingelassen und gewährten einen Blick auf die Reuss und die berühmte

Holzbrücke sowie das schräg gegenüberliegende ehemalige Siechenhaus. Durch die Öffnungen konnte man erkennen, wie dick die Mauern des Turms waren und welcher Anstrengungen es bedurft haben musste, dieses Bauwerk im Mittelalter zu errichten.

Der Umtrunk im Jetzt war im Gegensatz zu den Zeiten der Hexenverfolgung reichhaltig. Auf der Reussseite waren Tische mit verschiedenen Häppchen und Brötchen aufgereiht. Die Gläser und Getränke standen auf einem separaten Tisch mit einem weißen Tischtuch. Flinke Hände reichten den Besuchern die Gläser und räumten die bereitgestellten Stehtische immer wieder ab.

Bernauer nippte an einem Glas Weißwein und fragte sich gerade, warum bei solchen Anlässen immer dieselben Weinproduzenten berücksichtigt wurden, als er Patrick Honegger auf sich zukommen sah. Flucht war zwecklos. Der Tourismusdirektor hatte ihn fest ins Visier genommen.

»Herr Bernauer! Endlich finde ich Gelegenheit, Sie persönlich zu begrüßen und mit Ihnen ein paar Worte zu wechseln. Es freut mich ganz besonders, dass Sie diesem Anlass beiwohnen.«

Bernauer vergewisserte sich mit einem Blick über Honeggers Schulter, ob dieser nicht eine Schleimspur vom Buffet bis hierher gezogen hatte.

»Und das bei diesem Schmuddelwetter. Ich meine, ein Mann Ihres Formats und in Ihrer Position, der kann sich doch aussuchen, ob er bei Wind und Wetter nicht doch lieber im warmen Büro sitzt, anstatt hier draußen auf Verbrecherjagd zu gehen.«

Bernauer starrte den Tourismusdirektor ungläubig an. Bevor er jedoch etwas entgegnen konnte, fuhr dieser fort:

»Na, wie gefiel Ihnen die Führung, Bernauer?« Offenbar war man schon fast beim Du.

»Nun …«, war das Einzige, was Bernauer erwidern konnte, ehe Honegger weiterredete. Offenbar wartete jener die Antworten seines Gegenübers nicht ab oder war außer Kopfnicken keine andere Reaktion gewohnt.

»Zu altbacken, wenn Sie mich fragen.«

»Die Führung?«, wollte Bernauer wissen.

»Nein, die Birchmeier! Alles oldschool, Sie verstehen?«

Bernauer verneinte wahrheitsgemäß.

»Jemanden in der Stadt herumführen, an jeder Ecke eine Geschichte erzählen: Bernauer, das war gestern. Heute wollen die Leute etwas anderes. Digitalisierung heißt das Zauberwort. Virtuelle Rundgänge. Da müssen Sie nicht einmal nach draußen, Bernauer! Bequem vom Sofa aus Bremgarten entdecken. Was machen wir heute? Lass uns eine Stadtführung besuchen! Noch schnell die VR-Brille aufgesetzt und los geht's. Das ist die Zukunft, Bernauer. Ach, was sage ich, das ist heute der Standard. Denken Sie denn, die Chinesen kommen extra zu uns nach Bremgarten? Die buchen Europa in fünf Tagen. Da haben sie zwischen Mailand, Luzern und Köln keine Zeit für einen Abstecher ins Freiamt. Mit Virtual Reality können sie sich in Shanghai oder Peking oder weiß der Geier wo da drüben einfach einloggen, und voilà: Spittelturm auf Chinesisch. So läuft der Hase! Da rollt der Rubel – oder sagen wir, der Yen.« Honegger prustete los, total amüsiert über seinen eigenen Witz.

Bernauer verzichtete darauf, Honegger zu erklären, dass der Yen die japanische und nicht die chinesische Währung war.

Aber er wäre sowieso nicht dazu gekommen, weil Honegger in gewohntem Tempo fortfuhr: »Und Frau Birchmeier will das nicht wahrhaben. Faselt immer etwas von Nostalgie und Tradition und so 'n Zeug. Als ob sich das verkaufen würde! Ha! Keine Ahnung hat die! Wir haben uns schon öfter darüber gestritten. Und das lässt die Birchmeier dann nicht auf sich sitzen, glauben Sie mir, Herr Bernauer. Richtig handgreiflich wird sie. Das können Sie sich gleich notieren, Herr Polizist. Da können Ihre Leute dann ausrücken. Wenn Sie mich fragen, gehört die Birchmeier wegpensioniert.« Und etwas leiser und mehr zu Bernauer gewandt ergänzte er geheimnisvoll: »Wenn Sie verstehen, was ich meine.«

»Nein, was meinen Sie denn?«, spielte Bernauer den Dummen.

»Wie dem auch sei«, lenkte Honegger ab, »warum ich Sie eigentlich sprechen wollte – ich habe da ein klitzekleines Problem mit einer Sache …«

Bernauer schaffte es gerade noch, eine Augenbraue nach oben zu ziehen, bevor Honegger weitersäuselte: »Es gab da einen unbedeutenden Vorfall mit einer etwas kleinlichen Parkbuße; nicht der Rede wert. Wenn Sie da vielleicht etwas machen könnten? Nicht wegen mir natürlich, sondern wegen meiner Frau. Die regt sich dann immer fürchterlich auf und das ist gar nicht gesund für sie. Sie wissen ja, das Herz.« Bei diesen Worten fasste sich Honegger theatralisch an die linke Brust.

Bernauer erinnerte sich gut an den Fall, der unter den Polizisten für einiges Aufsehen gesorgt hatte. Honeggers Wagen war drei Tage lang im Halteverbot gestanden, und das vor einem bestimmten Etablissement. Nachdem man den Wagen hatte abschleppen lassen, meldete sich Honegger und bedankte sich überschwänglich. Er sei seit drei Tagen auf der Suche nach dem Wagen, der ihm scheinbar gestohlen worden war. Auf die Frage, warum er keine Diebstahlanzeige gemacht habe, konnte er keine plausible Erklärung liefern. Natürlich sorgte dieser Vorfall für einiges Gelächter und markige Sprüche auf dem Posten.

Bernauer setzte zu einer Antwort an, kam aber wieder nicht zu Wort.

»Herr Stadtammann!«, rief Honneger da nämlich schon. »Was für eine Ehre, Sie hier begrüßen zu dürfen!« Wie ein devotes Hündchen hüpfte er dem Stadtoberhaupt entgegen. Bernauer ließ er links liegen.

»Was wollte der denn?«, fragte Bernauers Frau, die sich wieder zu ihm gesellt hatte.

»Mehr virtuelle Chinesen«, antwortete er und erntete dafür ein großes Fragezeichen in Kathrins Gesicht.

Der frühe Abend ging friedlich und ohne weitere Zwischenfälle zu Ende. Bernauer machte sich an Kathrins Seite auf den Weg nach Hause, ließ den Fall Cornelia Schaufelberger für einmal Fall sein und war glücklich, seine Frau in seinen Armen und nicht im feuchten Verlies des Hexenturms zu wissen.

Bernauer konnte zu diesem Zeitpunkt nicht ahnen, dass er Martha Birchmeier an diesem Abend das letzte Mal lebend gesehen hatte.

KAPITEL 21

Der riesige Bürotisch stand immer noch da mit seiner Wuchtigkeit. Aber irgendwie hatte Bernauer das Gefühl, Hartmeier junior sei seit ihrem letzten Besuch kleiner geworden. Auch sein süffisantes Lächeln wirkte getrübt, als hätte sich ein unsichtbarer Schleier der Besorgnis darübergelegt. Ponte stand schräg hinter Bernauer, als wolle er ihm Feuerschutz geben, falls dieser von Hartmeier angegriffen würde.

Bernauer ging ohne lange Begrüßung in die Offensive: »Warum haben Sie uns nichts über Ihr Verhältnis mit Cornelia Schaufelberger erzählt?« Er breitete genüsslich seine Zeugenaussagen-Bullshit-Bingokarte vor dem inneren Auge aus.

»Sie haben mich nicht danach gefragt.«

Bernauer setzte in Gedanken ein Kreuz auf seine Karte. Er senkte den Kopf leicht nach vorne, fixierte Hartmeier und zog die Augenbrauen nach oben.

Das genügte, um sein Gegenüber zum Reden zu bringen: »Wir wollten nicht, dass unsere Beziehung bekannt wird.«

Kreuz Nummer zwei.

»Ich dachte, es sei nicht wichtig«, versuchte es Hartmeier erneut.

»Bingo«, sagte Bernauer laut. Er lehnte sich vor und schlug mit der Faust auf den Tisch. Ponte und Hartmeier fuhren zusammen. Die sonst sprichwörtliche Geduld Bernauers war zu Ende: »Entweder Sie sagen uns jetzt sofort, was sich zwischen Ihnen und Frau Schaufelberger abgespielt hat, oder …«

»Oder was?«, hatte sich Hartmeier offenbar wieder gefasst.

»Oder wir hetzen Ihnen die Kollegen der Finanzkontrolle auf den Hals, und die machen Ihnen den Laden hier aber so was von schnell dicht, da können Sie nicht einmal die Worte ›Import –Export‹ aussprechen.«

Das saß. Hartmeier hielt es nicht mehr auf seinem Stuhl. Er stand langsam auf, musterte die beiden Polizisten eine Zeit lang reg- und wortlos und drehte sich dann zum Fenster hin ab, den Ermittlern den Rücken zugewandt. Dann begann er behutsam, fast in Gedanken versunken, zu sprechen: »Conny, also Frau Schaufelberger, und ich lernten uns vor ein paar Jahren hier im Unternehmen kennen. Der Blitz schlug sofort ein. Wir waren nicht bloß ein bisschen ineinander verliebt. Irgendwie waren wir füreinander bestimmt … So etwas hatten wir beide vorher noch nicht erlebt. Wir genossen eine sehr harmonische Beziehung. Es passte einfach alles! Der Altersunterschied spielte überhaupt keine Rolle. Ich glaube, die Tiefe unseres Empfindens füreinander ging über das Normale hinaus. Es war wahre, uneingeschränkte Liebe!«

»Umso bitterer, dass Ihre große Liebe dann eines Tages etwas mit einem anderen hatte, und noch dazu mit einem Ausländer, nicht wahr?« Bernauer konnte sich einen sarkastischen Unterton nicht verkneifen.

»Sie verstehen überhaupt nichts!« Hartmeier wurde wütend. »Darum geht es gar nicht. Dass sie mit diesem

Afghanen durchgebrannt ist – aber was rede ich da. Sie werden das sowieso nie verstehen.«

»Was verstehen?«, fragte Ponte.

»Was uns verband, Conny und mich. Das Band tiefer, wahrer Liebe.«

Ponte und Bernauer verdrehten zeitgleich die Augen. Es war Bernauer, der das Wort zuerst ergriff: »Jetzt sage ich Ihnen einmal, wie ich die Sache sehe. Und wenn Sie nicht sehr gute Argumente haben, die mich von meiner Meinung abbringen, werden Sie das Abendessen heute in Polizeigewahrsam einnehmen.«

Er machte eine Pause, um Hartmeier die Gelegenheit zu geben, mit der Sprache herauszurücken. Dieser ließ sie ungenützt verstreichen.

»Ich glaube Ihnen, dass Sie eine enge, harmonische und gute Beziehung zu Frau Schaufelberger hatten. Aber eben: hatten. Die Zeit verging. Sie übernahmen das Geschäft von Ihrem Vater und hatten immer weniger Zeit, sich um Ihre Beziehung zu Cornelia Schaufelberger zu kümmern. Sie vertrauten darauf, dass Conny gleich empfand und dass Ihre Liebe die veränderten Verhältnisse unbeschadet überstand. Nun – das Leben ist nicht immer so einfach, Herr Hartmeier. Cornelia Schaufelberger hatte andere Pläne. Sie war eine freiheitsliebende Künstlerin, die das enge Korsett einer Beziehung zu Ihnen einfach nicht mehr aushielt.«

»Was fällt Ihnen überhaupt ein!« Hartmeier schäumte vor Wut. »Sie dilettantischer Dorfpolizist! Wenn Sie auch nur ein bisschen Grips in Ihrer Birne hätten, dann …«

Bernauer schnitt ihm das Wort mit einer Handbewegung ab und fuhr ruhig und unbeirrt fort: »Ich kann Ihren Frust verstehen, Herr Hartmeier. Ich glaube aber, Cornelia Schaufelberger hat das Ganze nicht geplant. Sie hat den gut aussehenden und interessanten Navid per Zufall kennengelernt. Ironischerweise in Ihrem Betrieb. Sie sehnte sich nach Abenteuer und wollte aus dieser Welt ausbrechen. In Navid sah sie die Chance.«

Hartmeier schwieg.

»Dann erfuhren Sie von der Affäre. Es kam zum Streit. Conny wollte nicht wieder zu Ihnen zurückkehren, sondern mit Navid in die weite Welt reisen. Sie konnten sich damit nicht abfinden und ertränkten sie in der Reuss.«

Hartmeier starrte weiterhin geradeaus. »Ohne meinen Anwalt sage ich gar nichts mehr.«

»Dieses Recht steht Ihnen selbstverständlich zu. Trotzdem muss ich Sie bitten, uns zu begleiten.«

Beim Hinausgehen wandte sich Hartmeier an die verdutzte Assistentin hinter dem Empfangstresen und ließ alle Termine für diese Woche stornieren.

Bernauer gewährte seinem Häftling eine angemessene Verschnaufpause in der kleinen Arrestzelle. Diese nutzte der Polizist, um Staatsanwalt Huber über die Verhaftung telefonisch zu informieren. Dessen Assistentin versicherte Bernauer, sie würde das Anliegen weiterleiten. Hartmeiers Rechtsanwalt war nicht so leicht zu befriedigen. Er rief an und versuchte Bernauer durch eine Mischung aus Juristenlatein, offenkundigen Drohungen und Geschrei einzuschüchtern. Da war er bei Bernauer allerdings an der falschen Adresse. Geduldig hörte er sich die Tiraden an und erklärte dem Anwalt dann seelenruhig, dass er als Ermittler sehr wohl das Recht besäße, bei einem Anfangsverdacht einen Verdächtigen in Gewahrsam zu nehmen.

Für solche Fälle hatte sich Bernauer über die Jahre ein paar Gesetzestexte und Belehrungen zurechtgelegt, die er schlagfertig rezitieren konnte. Die allermeisten Anwälte gaben klein bei, wenn sie realisierten, dass das Gegenüber zumindest eine gewisse Ahnung von der Materie hatte. Es klappte auch dieses Mal. Der Anrufer verabschiedete sich von Bernauer, jedoch nicht ohne noch einmal darauf hinzuweisen, dass es Bernauer an den Kragen gehen würde, wenn er sich nicht strikt ans Gesetz hielt.

Da auf dem Posten nicht alle Tage eine Einvernahme stattfand, diente ein umfunktioniertes Sitzungszimmer als Verhörraum. Ein rechteckiger Tisch, vier Stühle mit Stahlrahmen und Holzflächen und ein Aufnahmegerät auf dem Tisch waren das einzige Mobiliar. Bernauer lehnte das Angebot Pontes ab, ihn beim Verhör zu begleiten. Dieses Gespräch wollte Bernauer alleine führen. Selbstverständlich war aber immer ein Polizist als Geleitschutz zugegen.

Bernauer betrat den Raum als Erster. Er setzte sich auf einen der Stühle und stellte sicher, dass das Aufnahmegerät eingeschaltet und funktionsfähig war. Ein grünes Lämpchen bestätigte ihm dies. Er wartete geduldig, bis sich die Tür öffnete und ein sichtlich genervter Gregor Hartmeier eintrat.

»Was erlauben Sie sich eigentlich, mich hier gegen meinen Willen festzuhalten?« Hartmeier machte keine Anstalten, sich zu setzen, sondern schrie weiter auf Bernauer ein, unter Zuhilfenahme seines ausgestreckten rechten Zeigefingers, den er sehr nahe an Bernauers Nase führte: »Ich sage Ihnen eines: Jede wertvolle Minute, die Sie mir mit Ihrem Zirkus hier stehlen, werden Sie mir zurückzahlen, das versichere ich Ihnen. Ich habe ein Heer von Anwälten, die Ihnen die Hölle heißmachen werden! Und dann hat es sich ausermittelt für Sie und Ihre Provinzpolizistenmannschaft.«

Bernauer ließ sich auch davon nicht beeindrucken und schaltete stattdessen in den Süßholz-Modus: »Bitte nehmen Sie doch Platz, Herr Hartmeier. Wir wollen uns ein wenig unterhalten. Sie erzählen mir am besten einmal Ihre Version der Geschichte von Anfang an. Vielleicht habe ich Sie heute Vormittag falsch eingeschätzt. Auch wir Polizisten können uns manchmal täuschen. Warum klären wir zwei das nicht gemeinsam hier am Tisch?« Er machte eine einladende Handbewegung in Richtung der leeren Stühle gegenüber.

Zu Bernauers Erstaunen setzte sich Hartmeier tatsächlich, verschränkte aber trotzig die Arme. »Ach, hören Sie mir doch auf mit Ihren Psychospielchen! Denken Sie, ich durchschaue das nicht? In meinem Beruf mache ich den ganzen Tag nichts anderes, als Leute zu manipulieren. Da müssen Sie schon ein bisschen früher aufstehen, um mich rumzukriegen, Bernauer.«

»Na schön, wie Sie wollen. Vielleicht erzählen Sie mir doch einfach, wie Sie das Verschwinden von Cornelia Schaufelberger erklären. Vielleicht bringt uns das weiter.«

»Es interessiert mich keinen Deut, was ›uns‹ weiterbringt. Ich habe mit dem Verschwinden von Cornelia nichts zu tun, und damit basta!« Die hervortretenden Adern an Hartmeiers Hals verrieten Bernauer, dass dieser immer noch sehr enerviert war.

»Aber es muss Ihnen doch daran gelegen sein, zu erfahren, was mit Conny passiert ist.« Bernauer änderte seine

Taktik, um Hartmeier auf der Gefühlsebene zu erwischen. Leider ohne Erfolg.

»Es wäre mir in der Tat sehr daran gelegen. Aber noch mehr sollten *Sie* daran interessiert sein, denn es ist verdammt noch mal Ihr Job, diesen Fall aufzuklären! Von mir werden Sie nichts erfahren, weil es nichts zu erfahren gibt.«

Bernauer realisierte, dass er es mit einem harten Brocken zu tun hatte, und startete einen letzten Versuch: »Könnte es sein, dass dieser Navid in die Sache involviert war?«

Aber auch die Eifersuchtsmasche verfing nicht. Hartmeier neigte sich zum Aufnahmegerät vor, schaute zu Bernauer auf und redete langsam und sehr deutlich in das Gerät: »Noch einmal zum Mitschreiben: Ich habe nichts damit zu tun und ich werde dazu auch nichts mehr sagen.«

Bernauer tat es ungern, aber er musste sich zu seinem Ärger eingestehen, dass er heute wohl aus Hartmeier nichts herausholen würde. Er lehnte sich zurück und gab dem an der Tür wartenden Polizisten ein Zeichen, Hartmeier zurück in seine Zelle zu bringen. Wieder alleine im Raum, blieb er eine gefühlte Ewigkeit reglos sitzen, starrte ins Leere und versuchte ebensolche in seinem Kopf loszuwerden.

KAPITEL 22

Am nächsten Morgen erkundigte sich Bernauer als Erstes bei Staubli, ob die Fahndung nach Navid bereits Ergebnisse geliefert habe, was anscheinend nicht der Fall war. Staubli reagierte seltsam verstört und einsilbig. Bernauer fiel dies auf und er fühlte ihm auf den Zahn: »Was ist los, Staubli? Hat es dir die Sprache verschlagen? Oder bist du allergisch gegen Arbeit?«

»Chef, es ist etwas passiert.«

Bernauer wusste nicht, wann ihn Staubli zuletzt so genannt hatte. Offenbar stimmte etwas wirklich nicht.

»Was ist es?« Bernauer war auf vieles gefasst, aber nicht auf das, was er dann von Staubli erfuhr.

Es war kein schöner Anblick. Selbst für Bernauer, der solche Szenen gewohnt war. Vielleicht lag es daran, dass es sich bei Frau Birchmeier um eine Bekannte handelte, oder an dem Umstand, dass Bernauer sich vor zwei Tagen noch mit der Stadtführerin unterhalten hatte. Staubli hatte Bernauer und Ponte eröffnet, dass man die Leiche am frühen Morgen im Hexenturm gefunden hatte.

Nun baumelte sie an einem Strick, der durch die Falltür im ersten Stock hing. Bernauer betrat den Hexenturm dieses Mal durch die erst im 19. Jahrhundert aus dem Fundament gehauene Tür im Erdgeschoss. Erst nach einem

Nicken zu den Kollegen der Spurensicherung und einem tiefen Atemzug wagte er den Blick nach oben. Bitte lass sie keinen Rock tragen, dachte Bernauer unwillkürlich und hasste sich im gleichen Moment für seine Pietätlosigkeit.

Seine Bedenken waren unbegründet. Frau Birchmeier trug Jeans und eine Bluse. Jemand im ersten Stock machte sich gerade an der Seilwinde zu schaffen. Mit einem Ruck begann sich die Leiche nach unten auf Bernauer zuzubewegen. Er konnte sich nicht von ihrem starren Blick lösen. Etwas in ihren Augen verriet ihm, dass sie nicht damit gerechnet hatte, hier und so zu enden. Der Mund war weit aufgerissen und die Zunge hing schlaff daraus hervor. Sanft entschlafen sieht anders aus, dachte Bernauer.

Erst als er von jemandem an der Schulter gepackt wurde, gelang es Bernauer, seinen Blick von der Stadtführerin abzuwenden. Ponte sah besorgt aus. »Alles in Ordnung, Capo?«

Dieser nickte geistesabwesend. »Jaja. Es ist nur … Weiß man schon Genaueres zur Todesursache?«

»Wonach sieht es für dich aus? Ich denke, rituelle Enthauptung können wir ausschließen.«

Zuerst lachte Ponte über seinen eigenen, makabren Scherz. Ein Blick seines Chefs ließ ihn aber augenblicklich wieder ernst werden: »Die Kollegen fanden sie heute Morgen. Sie wurden von einem Gemeindearbeiter gerufen, der in der Früh nach dem Rechten schauen wollte; sitzt dort hinten.«

Bernauer blickte kurz über seine Schulter und sah den bemitleidenswerten, offenbar geschockten Mann in seinem orangefarbenen Overall auf einem großen Stein sitzen, den Kopf auf die Hände gestützt.

»Lass gut sein, Michelangelo. Von dem erfahren wir wahrscheinlich nicht viel. Wo ist Huber?«

»Derr Hörr Staatsanwalt lässt sich mal wieder nicht blicken. Dafür hat er einen Praktikanten geschickt.«

Bernauer sah den völlig hilflos umhergehenden jungen Mann durch die Maueröffnung auf der Straße. Offenbar hatte dieser das Studium noch nicht lange abgeschlossen. Gut möglich, dass das hier sein erster außergewöhnlicher Todesfall war. Bernauer wurde in seiner Vermutung bestätigt, als der Jüngling sich geräuschvoll an die Außenmauer des Turms übergab.

»Der lässt sich den Fall gerade noch einmal durch den Kopf gehen«, frotzelte Ponte.

»Ich bitte dich, Michelangelo, auch wir hatten irgendwann einmal unsere erste Begegnung mit dem Tod. Was mich mehr belastet, ist, dass ich dann wieder mit Huber telefonieren darf und ihm alles genau erklären muss, weil sein Assistent nicht dazu in der Lage sein wird.«

Eine Weile standen die beiden Männer schweigend da. In der Zwischenzeit war die Leiche von zwei Polizisten sanft auf eine Wolldecke gebettet worden und die Gerichtsmedizinerin machte sich an Frau Birchmeier zu schaffen. Der Strick lag weiterhin um den Hals des Opfers.

Sigi Bernhard erhob sich und trat zu ihnen. Die Gerichtsmedizinerin war elegant gekleidet, nichts von weißem Einweg-Overall und gelben Gummistiefeln.

»Sieht auf den ersten Blick nach Suizid aus«, bemerkte sie fast beiläufig, »aber nur auf den ersten Blick.«

Die beiden Beamten drehten sich gleichzeitig zu ihr um und starrten sie erstaunt an. Die Frau Doktor schien diesen Moment zu genießen und quittierte die Blicke der beiden Männer mit einem überlegenen Lächeln.

»Kommen Sie!«

Ohne eine Antwort abzuwarten, ging Dr. Bernhard auf die am Boden liegende Leiche zu und kniete sich neben den Kopf. Bernauer und Ponte folgten ihr.

»Sehen Sie hier«, begann sie; und zur Leiche gewandt: »Mich täuschst du nicht, Mädchen.«

Und dann führte sie die Untersuchung durch, die Bernauer auch nach Jahren im Dienst noch beinahe den Magen umdrehen ließ. Sie nahm Martha Birchmeiers oberes rechtes Augenlid zwischen Daumen und Zeigefinger und stülpte es mit einer geübten Bewegung um. Das Innere, Weiße kam zum Vorschein.

»Sehen Sie, keine Blutungen erkennbar. Das heißt, die Dame war bereits tot, als man sie hier erhängte. Sonst sähe man Einblutungen. Suizid können wir also ausschließen. Und die Todesursache ist …«

Hier machte sie eine bedeutungsvolle Pause, als erwartete sie einen Trommelwirbel: »… ziemlich sicher diese Beule hier oberhalb des rechten Ohrs.« Sie hob das Haar von Frau Birchmeier behutsam an und offenbarte eine bläulich-violette Stelle auf der Kopfhaut, welche vorher nicht zu sehen gewesen war. Bernauer und Ponte mussten sich vorbeugen, um überhaupt etwas zu erkennen. »Ich kann es noch nicht mit abschließender Sicherheit sagen, aber ich müsste mich schwer täuschen, wenn diese Verletzung nicht zu einer gravierenden Einblutung im Hirn und damit zu einem raschen Tod des Opfers geführt hat. Solche Verletzungen werden typischerweise durch einen Schlag mit einem stumpfen

Gegenstand verursacht, also zum Beispiel einer Flasche. Und weil Ihre Kollegen bisher keine Scherben gefunden haben, gehe ich von einer dickwandigen Flasche aus, wahrscheinlich Champagner. Ich tippe auf einen 98er Charles de Cazanove.«

Den letzten Satz ließ sie eine Weile im Raum stehen. Bernauer wusste nicht, ob er ihn ernst nehmen konnte oder nicht. Schließlich lachte Sigi laut auf und gab dem Polizisten einen freundschaftlichen Knuff mit dem Ellbogen. Bernauer wurde die Gerichtsmedizinerin zunehmend sympathisch.

»Irgendeinen Anhaltspunkt betreffend Täterschaft?«, wollte Bernauer wissen.

»Schwierig zu sagen«, konstatierte Dr. Bernhard. »Um jemanden so zu erschlagen, würde ich sagen, dass der Täter oder die Täterin nicht kleiner war als das Opfer. Frau Birchmeier war aber nicht groß gewachsen. Das heißt, es käme beinahe jede erwachsene Person infrage. Einen großen Kraftaufwand brauchte die Aktion auch nicht. Den Strick um den Hals legen, die Falltür öffnen, das Opfer über den Rand schieben, voilà. Frau Birchmeier wog vielleicht 50 Kilo. Das hätte sogar ein Zwölfjähriger geschafft.«

Die Polizisten nickten leicht. »Danke, Sigi.«

Bernauer und die Gerichtsmedizinerin starrten sich verblüfft an. »Offenbar kommen wir uns näher, was?«, quittierte sie mit einem strahlenden Lächeln.

Bernauer sah verlegen zu Boden. Mit einer abwehrenden Handbewegung gab er ihr zu verstehen, dass sie mit ihrer Arbeit fortfahren solle.

Bernauer und Ponte machten sich derweil daran, den

Raum zu überblicken und sich ein Bild von der Situation zu machen. Sie trennten sich und jeder ging im Raum umher, auf der Suche nach sachdienlichen Hinweisen.

Bernauer lehnte sich mit dem Rücken an die kalte Turmwand. Zu seinem Erstaunen fühlten sich die Steine nicht feucht an. Im Gegensatz zu früheren Zeiten war das Klima im ehemaligen Verlies trockener geworden.

»Möchten Sie etwas?«

Er fuhr herum. Neben ihm lehnte eine etwa 20-jährige Frau an der Wand. Sie trug Jeans, ein überlanges weißes T-Shirt und eine abgetragene schwarze Lederjacke mit Stoffbündchen.

»Mit wem habe ich das Vergnügen?«, stellte Bernauer sie zur Rede.

»Oh, Entschuldigung. Ich heiße Franziska Müller und arbeite bei der Stadtverwaltung.«

»Und was tun Sie hier?«

»Mein Chef schickt mich. Ich soll dafür sorgen, dass hier alle das bekommen, was sie möchten. Kaffee?« Sie zeigte auf eine Thermoskanne, die in einer Nische in der Turmwand neben ein paar Pappbechern stand.

Er schüttelte den Kopf. »Nein, danke. Hören Sie, Frau Müller, Sie sollten hier nicht sein. Ein Tatort ist nicht gerade eine schöne Sache und …«

»Das stört mich nicht. Ich bin auf dem Land aufgewachsen. Da sieht man so einiges. Wir Kinder haben den Bauern zum Beispiel oft beim Schweineschlachten zugeschaut. Das war um einiges übler als das hier. Das können Sie mir glauben.«

»Na gut. Dann bleiben Sie halt. Aber lassen Sie mich bitte meine Arbeit machen.«

»Was genau machen Sie denn? Nach Arbeit sieht das nicht aus.«

»Ich ermittle, das sieht man doch.« Bernauer hatte genug. Dass er dieser jungen Frau gegenüber in einen Rechtfertigungsmodus kam, ärgerte ihn. Außerdem befürchtete er, sie könnte durch ihr unbedarftes Tun wichtige Spuren verwischen. »Sonst noch was?«, herrschte er sie etwas gröber an als beabsichtigt. Er regte sich über seine Kollegen auf, die es offenbar nicht so genau nahmen mit dem Absperren des Tatorts. Zum Glück war Franziska Müller anscheinend keine Journalistin. Das fehlte noch. Auf Ermittlungshilfe der Presse konnte er getrost verzichten.

»Ich mache hier auch nur meine Arbeit«, entgegnete sie trotzig. »Außerdem bin ich auf der Suche nach dem Schlüssel.«

»Nach welchem Schlüssel?«

»Na, den zum Turm. Ich soll ihn im Stadthaus wieder ans Schlüsselbrett hängen, hat der Chef gesagt. Leider habe ich ihn bisher nicht gefunden. Haben Sie ihn gesehen?«

»Äh, nein. Warum vermuten Sie ihn denn hier?«

»Aber, Herr Kommissar …«

Bernauer verzichtete darauf, sie zu belehren, dass es Kommissare in Deutschland geben mochte, aber nicht im Kanton Aargau.

»… Frau Birchmeier hatte den Turm gestern Abend jemandem gezeigt. Dazu musste sie den Schlüssel im Stadthaus holen. Dort ist er aber nicht wieder aufgehängt worden. Oben auf der Plattform war ich auch schon. Dort ist er ebenfalls nicht. Ich bekomme mächtig Ärger, wenn ich den Schlüssel nicht wieder mitbringe.«

Bernauer wurde sofort hellhörig: »Weiß man, wem Frau Birchmeier den Turm gezeigt hat?«

»Nö, keine Ahnung. Das wird nicht notiert. Ich soll ja auch nur den Schlüssel zurückbringen.«

»Ja, schon gut. Ich mache Ihnen einen Vorschlag: Sie verlassen jetzt den Tatort und lassen uns in Ruhe unsere Arbeit machen. Im Gegenzug verspreche ich Ihnen, dass wir den Schlüssel Ihrem Chef bringen, sobald wir ihn gefunden haben. Sie können sich ihm gegenüber gerne auf mich berufen. Den Kaffee können Sie hier stehen lassen.« Er scheuchte sie etwas unsanft in Richtung Eingang und seufzte genervt.

Trotz seiner freundlichen Worte ließ sich Frau Müller nur ungern herumbugsieren und fluchte wie ein Rohrspatz beim Hinausgehen.

Nach den weiteren üblichen Untersuchungen und Befragungen wollten auch Ponte und Bernauer den Tatort verlassen.

»Sigi«, wandte sich Bernauer noch einmal an die Gerichtsmedizinerin, die gerade damit beschäftigt war, ihre Utensilien in ihrem Instrumentenkoffer zu verstauen. »Habt ihr einen Schlüssel zum Turm gefunden?«.

Sie wandte sich zu ihm um und schüttelte den Kopf.

Sie standen vor einem Rätsel. Die Stadtführerin schien ein absolut unbeschriebenes Blatt zu sein. Klar, sie war etwas kauzig und bisweilen durchaus direkt. Aber deswegen brachte man niemanden um. Andererseits wäre es nicht das erste Mordopfer in Bernauers Karriere, das sich beim weiteren Graben in der Vergangenheit als gar nicht so unschuldig erwies.

»Ach, Stephan?«

Er zuckte zusammen. Seinen Vornamen aus Dr. Bernhards Mund zu hören, war für ihn derart ungewohnt, dass er zögerte zu antworten. Er tat es dennoch und bemühte sich, seiner Stimme Stärke und Selbstbewusstsein zu verleihen: »Jaaa?« Das Vorhaben misslang.

»Danke übrigens noch für die DNA-Probe zu unserem anderen Fall. Sie passt zur Leiche.« Doch noch eine ermutigende Nachricht an diesem Tag.

Ponte sah zu Bernauer. Dieser erwiderte seinen Blick und beide wussten auf Anhieb, was der andere dachte. Langjährige Tätigkeit im Polizeidienst schweißte zusammen.

»Um acht?«, fragte Ponte.

»Um acht passt«, bestätigte Bernauer.

KAPITEL 23

Im »Henry's« trafen Bernauer und Ponte auf die üblichen Verdächtigen. Am Tresen und an den Tischen entlang der getäfelten Wände saßen die Herren und Damen, für welche das Pub zum zweiten Zuhause geworden war, für manche sogar zum ersten. Ein paar Jugendliche spielten Tischfußball und zwei müde Gestalten warfen Darts. Die elektronische Anzeige der Dartscheibe blinkte im trägen Takt dieses verregneten Abends und warf farbige Schatten auf die grauen Gesichter der Spieler. Aus den Lautsprecherboxen klang zur Stimmung passend »November Rain« von Guns'n'Roses. Die beiden Polizisten nahmen an der Bar Platz. Sie verabredeten sich gerne in ihrem Stammlokal, um die Geschehnisse des Tages zu verarbeiten und mit einem Bier die trüben Gedanken hinunterzuspülen. Bernauer mochte das in die Jahre gekommene Pub. Seit er ein Teenager war, kam er regelmäßig hierher, um für eine kurze Zeit dem Alltag zu entfliehen. Sobald er durch die Tür trat, befand er sich in einer anderen Welt. Die Butzenscheiben trennten das Drinnen vom Draußen, das Gemütliche vom Garstigen. Als man in den Gaststätten noch rauchen durfte, kam es an kühlen Herbstabenden vor, dass im »Henry's« ein ähnlich dichter Nebel herrschte wie draußen in den Gassen Bremgartens. Dann verschmolz der Innenraum mit dem Außenraum und das

Durchschreiten der Tür von innen nach außen ließ den Gast in der kalten Gasse noch einige Augenblicke in der wohligen Wärme des Pubs verweilen, besonders, wenn auch der Kopf nach durchzechter Nacht benebelt war.

Bernauer ließ den Blick schweifen. Die Einrichtung war seit Jahrzehnten dieselbe. Beschriftete Spiegel von Bier- oder Spirituosenmarken, Wimpel von englischen, schweizerischen und deutschen Fußballvereinen, vergilbte Fotos von ehemaligen und aktuellen Mitarbeitenden abgelichtet zusammen mit mehr oder weniger berühmten Zeitgenossen, wohlgehütete Poster von Eishockeymannschaften mit Originalunterschriften hinter eingetrübtem Glas, abgetragene Polster und abgewetzter Parkettboden, aufgequollene Bierdeckel und ausgewaschene Frottee-Tischauflagen. Einzig die schweren Glasaschenbecher waren verschwunden. Seit dem generellen Rauchverbot war die olfaktorische Kulisse im Gastraum vielfältiger, aber keineswegs besser geworden. Bernauer wünschte sich manchmal die guten alten Zeiten zurück. Der Rauch war zwar ungesund, dafür übertünchte er Schweiß-, Bier- und Schnapsgeruch.

Bernauer sah rüber zu seinem Kollegen. Auch dieser schien den alten Zeiten nachzuhängen und starrte nachdenklich vor sich hin. Vielleicht war er aber auch mit der Verarbeitung des Tagesgeschehens beschäftigt. Bernauer wusste, dass er Ponte ein wenig Raum und Zeit gewähren musste, um mit den beiden Mordfällen innerlich klarzukommen, und sagte deshalb nichts.

»Drecks Piss!« Fluchend erhob sich Hermann Goldinger, den alle nur Goldie nannten, aus den Tiefen hinter dem Tresen. Seinen Spitznamen hatte er einerseits wegen seines Nachnamens und anderseits wegen seiner blonden Lockenpracht erhalten, die er bei jeder Gelegenheit stolz zur Schau trug. Der untersetzte Mann schien überrascht, beim Auftauchen plötzlich Gäste vor sich zu sehen, nickte den Polizisten aber fast unmerklich zu. Für Bernauer war Goldie eine Mischung aus Thomas Gottschalk und Peter Maffay. Tatsächlich ragte der Wirt des »Henry's« nur knapp über den Tresen.

»Ach, ihr seid's. Hoi zäme!«

»Hallo, Goldie. Nicht zufrieden?« Ponte zwinkerte Bernauer zu.

»Wie soll ich bei diesem Wetter zufrieden sein? Der Dauerregen hält die Leute davon ab, aus dem Haus zu gehen. Seht euch doch um. Die Bude ist ja halb leer. Wenn das so weitergeht, kann ich den Laden hier bald dichtmachen.«

Tatsächlich war das Lokal weniger gut besucht als normalerweise in den frühen Abendstunden. Aber sowohl Bernauer als auch Ponte wussten als Stammgäste, dass Goldie einen Hang zur Melodramatik hatte und die Situation wohl nicht so arg war.

»Und dann ist auch noch das Ventil der Bierzapfanlage in die Brüche gegangen. Toller Abend! Zum Glück habe ich noch einen zweiten Zapfhahn.«

Nun warf Bernauer Ponte einen vielsagenden Blick zu. »Goldie? Könnte es sein, dass der ›Z‹ wieder einmal verloren hat?«

Der Stadtzürcher Schlittschuh Club ZSC Lions, oder kurz »Z«, war Goldies größte Leidenschaft. Sein Handicap war, dass er als Wirt des »Henry's« nur sehr selten ein Spiel live anschauen gehen konnte. Umso eifriger verfolgte er seine Lieblingsmannschaft am Fernsehen. Wehe dem Gast, der sich erdreistete, den Kanal wechseln zu wollen, während ein Spiel lief! Da war Goldie unerbittlich. Der Gast musste das Lokal auf der Stelle verlassen. Bernauer fand Goldies Getue um den Club reichlich infantil und eines erwachsenen Mannes nicht würdig. Aber was sollte man tun? In diesem Pub galten die Regeln des Chefs und der war nun einmal Goldie.

»Ach, lasst mich doch in Ruhe!«

Anscheinend hatte Bernauer einen Volltreffer gelandet und jetzt tat ihm Goldie ein wenig leid. »Trinkst du etwas mit uns?«

Wieder landete Bernauer einen Treffer. Dieses Mal allerdings ins positive Gemüt des Barkeepers. Seine Miene hellte sich sichtlich auf.

»Na, da will ich mal nicht so sein. Ihr hattet ja schließlich auch einen Scheißtag.«

»Was meinst du?« Ponte war ernsthaft überrascht.

»Na, die Leiche der Birchmeier. Muss ja übel ausgesehen haben, wie sie da so im Hexenturm baumelte.«

»Woher weißt du das nun schon wieder?« Bernauer klang eher resigniert als aggressiv. Er wusste, dass ein Geheimnis in dieser Stadt auf verschlungenen Pfaden, aber schlussendlich immer den Weg zu Goldie fand. Deshalb war er als Informant für Bernauer und seine Kollegen unverzichtbar und man stellte sich besser gut mit dem Wirt des »Henry's«. Trotzdem war er überrascht, dass es dieses Mal derart schnell ging, bis Goldie Bescheid wusste. Immerhin hatten die Polizisten den Tatort erst vor ein paar Stunden verlassen und Journalisten waren keine in den Turm gelassen worden.

»Das bleibt mein kleines Geheimnis. Ich will ja nicht die Stammgäste vergraulen, wenn ich hier so mir nichts, dir nichts alles brühwarm weitererzähle.« Er lächelte ein schmieriges, aber sympathisches Lächeln. Dann zapfte er sich seelenruhig ein Bier. Mit einem fragenden Blick bot er den beiden Polizisten ebenfalls eine Stange an, was beide mit einem Nicken bestätigten. Im »Henry's« brauchte man nicht viele Worte, um sich zu verständigen. Nachdem er ihnen die Biere zugeschoben hatte, kam Goldie durch die geöffnete Tresenklappe auf die andere Seite und gesellte sich zu den beiden in den Gastraum. »Wenn ihr mich fragt, steckt der Honegger dahinter.«

»Der Tourismusdirektor?«, fragte Ponte ungläubig.

»Genau der.« Goldie schaute verschwörerisch zwischen den beiden hin und her. Als die erhoffte Bestätigung ausblieb, legte er nach: »Na, hört mal, es ist doch ein offenes Geheimnis, dass sich die alte Birchmeier und der Honegger nicht mochten. Das pfeifen die Spatzen ja von den Dächern. Die war ihm zu altmodisch. Er hat ganz andere Vorstellungen von Stadtführungen. Digitalisierung und so. Ich hielt mich da ja immer vornehm zurück. Mir sind die echten Gäste immer noch am liebsten. Computer trinken kein Bier.« Wieder das verschmitzte Lächeln. »Aber das dürfte wohl nicht der wahre Grund gewesen sein für den Mord.«

Wieder warf er Bernauer und Ponte einen verschwörerischen Blick zu. Dieses Mal stieß er aber auf reges Interesse bei seinen Zuhörern.

»Was meinst du damit? Was hast du für Informationen?«

»Ach, wisst ihr, Wirtegeheimnis.«

Zu Bernauers Erstaunen schien diese Aussage Ponte in Rage gebracht zu haben. Anscheinend hatte der anstrengende Tag Spuren auf seinem Nervenkostüm hinterlassen. Er packte Goldie mit beiden Händen am Kragen und zog ihn zu sich hoch, sodass Goldie vom Boden gehoben wurde und zwischen die beiden Nasen nicht einmal mehr ein Bierdeckel gepasst hätte. Hilflos baumelten Goldies Beine in der Luft und seine Augen weiteten sich vor Entsetzen. Bernauer bemühte sich derweil, dass die Szene von den anderen Gästen unbemerkt blieb, und stellte sich möglichst breitschultrig vor die beiden. Eine Kneipenschlägerei war das Letzte, was er heute noch gebrauchen konnte. Beschwichtigend legte er seine Hand auf Pontes Schulter. »Lass ihn, Michelangelo.« Dieser stellte den Wirt zurück auf den Boden und klopfte mit einer raschen Bewegung mit dem Handrücken Goldies Kragen gerade. Sichtlich erleichtert, aber jederzeit einen neuen Angriff erwartend, sank der auf einen Barhocker.

»Eigentlich darf ich euch das nicht erzählen«, begann er.

Ponte machte eine rasche Bewegung nach vorne, was Goldie zusammenzucken ließ. Er hatte begriffen, dass weitere Ausflüchte zwecklos waren. Mit gesenkter Stimme und leicht nach vorne gewandt fuhr er fort: »Es gab da einmal so eine Geschichte. Man erzählt sich, dass Birchmeiers Tochter Jessica eine Affäre mit Honegger gehabt hat. Das hat der Mutter natürlich nicht gepasst. Sie mag – 'tschuldigung, mochte – den Tourismusdirektor ja sowieso nicht besonders. Dass er sich dann auch noch an ihre Tochter ranmachte, gab ihr den Rest. Wobei ich sagen muss, die Jessica würde ich auch nicht von der Bettkante stoßen, wenn ihr wisst, was ich meine.«

Die Polizisten zeigten, entgegen der Erwartung Goldies, keine Reaktion, sondern sahen ihn weiterhin mit einer Mischung aus Spannung und Gelassenheit auffordernd an. Also fuhr er fort: »Wie dem auch sei. Anscheinend kam es zwischen Martha Birchmeier und Honegger zu einem heftigen Streit. Was genau passierte, kann ich nicht mit Sicherheit sagen. Vielleicht konfrontierte sie ihn damit, dass sie seiner Frau von der Affäre erzählen würde, wenn er nicht die Finger von ihrer Tochter lässt. Oder dass sie das Techtelmechtel öffentlich machen würde. Auf diese Publicity konnte Honegger getrost verzichten. Auf jeden Fall sollen sich die beiden Turteltäubchen nach dieser Auseinandersetzung getrennt haben, offenbar nicht ganz freiwillig. Wenn ihr mich fragt, hat Honegger diese Trennung nie ganz hinter sich lassen können. Die Wut auf Martha Birchmeier blieb bestehen. Was läge da näher, als sie aus dem Weg zu räumen? Zwei Fliegen mit einer Klappe: eine mühsame Angestellte und ein Schwiegermonster eliminiert. Tadaaa!«

Angewidert von Goldies triumphierendem Plädoyer zog Bernauer die Augenbrauen hoch. Natürlich war es in einem Mordfall naheliegend, zuerst im näheren Familienumfeld zu ermitteln. Jessica Birchmeier, die Tochter der Stadtführerin, stand zuoberst auf Bernauers Vernehmungsliste. Dazu bedurfte es keines Vortrags von Goldie. Andererseits waren die Polizisten immer dankbar für Hinweise aus der Bevölkerung. Und Goldie präsentierte ihnen immerhin ein mögliches Tatmotiv, auch wenn es natürlich zuerst verifiziert werden musste.

»Schon gut, Goldie. Danke für deinen Tipp. Wir werden der Sache nachgehen.« Damit war für Bernauer die Sache vorläufig erledigt. Morgen würden sie Jessica Birchmeier einen Besuch abstatten. Für heute aber hatten sie genug über die Arbeit geredet. Schließlich gab es noch andere Themen, die sie beschäftigten. Die aktuellen Eishockey-Resultate zum Beispiel.

KAPITEL 24

Früh am nächsten Morgen trafen sich Bernauer und Ponte in der Altstadt vor dem Haus, in dem Jessica Birchmeier wohnte. Am Vorabend hatten sie das »Henry's« ungewöhnlich früh wieder verlassen und sich auf den Nachhauseweg gemacht. Beiden war nicht nach einer längeren Trinkerei zumute gewesen und sie waren froh, sich bald schlafen legen zu können. Aber weder Bernauer noch Ponte hatten eine angenehme Nachtruhe. Zu viele Gedanken kreisten in ihren Köpfen und ließen sie erst sehr spät einschlafen. Entsprechend zerknittert standen die beiden vor der Eingangstür zum Mehrfamilienhaus, das seit seiner Errichtung vor ein paar Hundert Jahren mehrere Umbauten erlebt hatte. Die letzte lag bereits einige Jahrzehnte zurück.

Schon im Treppenhaus wehte Bernauer und Ponte der süßliche Geruch entgegen. Bernauer hielt instinktiv den Atem an. Als das nicht mehr ging, atmete er flach durch den Mund. So, bildete er sich ein, werde er von den Düften nicht high. Er fragte sich bisweilen, welche Konzentration von Hanfqualm nötig war, um eine berauschende Wirkung zu erzielen. Reichte bereits der Geruch, also einige Rauchmoleküle?

Es war eines der Altstadthäuser, die gelegentlich wieder eine Renovation nötig gehabt hätten. Die Holztreppe knarzte bedrohlich bei jedem Schritt. Jede Stufe hatte zwei

Vertiefungen, ausgefräst von unzähligen Schritten, denen sie während Jahrzehnten ausgesetzt war. Außerdem war das Treppenhaus sehr schlecht beleuchtet und das ebenfalls hölzerne Geländer machte auch keinen vertrauensvollen Eindruck. Seit Bernauer aber in der Toskana noch viel schlimmere Holzstiegen gesehen und sogar benutzt hatte, war ihm diese Treppe allemal lieber.

Im vierten Stock angekommen, stellten sich die beiden Polizisten vor der Tür auf. Bernauer klingelte. Sie wussten nicht, ob Jessica Birchmeier an einem Wochentag um diese Zeit zu Hause anzutreffen war. Immerhin bestand die Chance, dass sie sich ein paar Tage freigenommen hatte, um das Administrative für den Todesfall ihrer Mutter regeln zu können. Sie hatten Glück.

Nach einer gefühlten Ewigkeit öffnete sich die alte Tür einen Spalt breit und ein hübscher Frauenkopf zeigte sich. »Ja, bitte?«

Bernauer beeilte sich, seinen Standardspruch aufzusagen: »Guten Tag, Frau Birchmeier? Mein Name ist Bernauer von der Kantonspolizei Aargau, und das ist mein Kollege Michelangelo Ponte.«

»Wie der Bildhauer?«

»Ja, genau, wie der Bildhauer«, übernahm Bernauer Pontes Rolle.

»Dürften wir hereinkommen? Wir haben ein paar Fragen an Sie. Es geht um Ihre Mutter.«

»Unser Beileid«, beeilte sich Ponte anzufügen.

Die junge Birchmeier ließ sich die Ausweise zeigen, obwohl Bernauer nicht sicher war, ob sie deren Echtheit überhaupt beurteilen konnte. Sie bat die Polizisten herein und ging voran ins Wohnzimmer.

Bernauer sah seine schlimmsten Vorurteile bestätigt. Bereits im Flur wurden sie von einer Flagge in Jamaika-Farben empfangen, darauf die Umrisse von Bob Marley. Die gegenüberliegende Wand war praktisch vollständig verhüllt von einem Batik-Tuch in Auswurfgrün. Auf einem billigen, metallenen Schuhschrank lagen eine angefangene Packung Zigarettenpapiere, ein selbst gefertigter Tonaschenbecher mit afrikanischen Ornamenten, eine geöffnete Packung Tabak und ein gehäkelter Hacky Sack. Vor dem Schrank lagen in wilder Unordnung diverse Paar Schuhe, zwei davon abgelatschte Camel Boots.

Bernauer schwante Fürchterliches, als er sich zögerlichen Schrittes dem Wohnzimmer näherte. Wenn der Flur bereits zum Rastafari-Mausoleum umgestaltet worden war, wie sah dann erst der Rest der Wohnung aus?

Er wurde positiv überrascht. Das modern und hell eingerichtete Zimmer erinnerte eher an einen Möbelkatalog als an eine Kifferhöhle. Ponte und Bernauer wussten erst nicht recht, worauf sie sich niederlassen sollten. Das Sofa sah noch unbenutzt aus und die liebevoll darauf drapierten Zierkissen ließen irgendwie keine Fläche zum Sitzen frei.

»Bitte nehmen Sie doch Platz«, bemühte sich die junge Frau, das Eis zu brechen, und zeigte auf ebendiese Couch.

Umständlich und vorsichtig folgten die beiden ihrer Aufforderung, während Frau Birchmeier auf einen Breuer-Sessel zusteuerte. Die Konstruktion des Sitzmöbels zwang sie, sich auf die Vorderkante zu setzen und die Beine zu überkreuzen. Wenn es einen Preis in der Kategorie Unbequemlichkeit pro Franken Anschaffungskosten gab, dieser Stuhl wäre unangefochtener Sieger. Aber er passte zur restlichen, sicherlich teuren Einrichtung des Wohnzimmers.

Frau Birchmeier war vielleicht 25 Jahre alt. Ihr schwarzes Haar hatte sie zu einem modernen Bob geschnitten. Dazu trug sie einen knielangen Jeans-Jupe und ein ärmelloses schwarzes Oberteil mit einem auffälligen silberglänzenden Flamingo-Aufdruck. Ihre gesamte Erscheinung war elegant und leger zugleich. Die hübschen Gesichtszüge faszinierten vor allem Ponte, dem eine gewisse Verlegenheit anzusehen war.

»Frau Birchmeier«, begann Bernauer.

»Bitte nennen Sie mich Jess. Also eigentlich Jessica. Aber so nennt mich niemand außer meiner Mutter – also, ich meine, so nannte sie mich.«

Sie brach nicht etwa in Tränen aus, sondern wirkte sehr gefasst, fand Bernauer.

»Nochmals unser Beileid, Frau Birchmeier, ich meine, Jess. Sie scheinen sehr ruhig, angesichts der Todesumstände Ihrer Mutter. Wie war Ihr Verhältnis zueinander?«

»Wissen Sie, meine Mutter war eine starke Persönlichkeit. Sie lebte jeden Tag so, als hätte es ihr letzter sein können. Das heißt nicht, dass sie ständig das Risiko suchte. Sie hat aber immer gesagt, dass sie glücklich sei und ihren inneren Frieden gefunden habe. Wenn sie eines Tages von uns ginge, könne sie auf ein erfülltes Leben zurückblicken. Anfangs hatte ich Mühe mit dieser Einstellung. Mit den Jahren musste ich meiner Mutter aber zugestehen, dass etwas dran ist an dieser Art zu leben. Mittlerweile versuche ich auch, auf dieses Niveau zu kommen – ich arbeite noch daran.« Sie lächelte etwas verklärt. »Dass ihr Leben nun auf diese Weise enden musste, habe ich ihr trotzdem nicht gewünscht.«

Bernauer wurde klar, dass Jessica Birchmeier deshalb so gefasst war, weil sie wusste, dass ihre Mutter zu Lebzeiten im Reinen mit sich gewesen war. Trotzdem kam sie ihm etwas zu ruhig vor. Irgendwie wurde ihm die Situation unangenehm; er wollte schnell vorwärtskommen und beschloss, direkter vorzugehen: »Hatte Ihre Mutter Feinde?«

»Na ja, ›Feinde‹ ist vielleicht ein etwas zu großes Wort. Natürlich hat sich meine Mutter nicht mit jedem und jeder sofort verstanden. Aber wer tut das schon. Sie eckte bisweilen schon an. Vor allem mit dem Tourismusdirektor hatte sie das Heu nicht immer auf der gleichen Bühne. Aber ich denke nicht, dass der etwas mit Mutters Tod zu tun hat. Dafür ist er viel zu feige.«

»Sie kennen Herrn Honegger gut?«, spielte Bernauer den Unwissenden.

»Wir hatten ein Verhältnis.«

Bernauer und Ponte waren überrascht über die direkte Art der jungen Frau – und über den Wahrheitsgehalt von Goldies Gerücht.

»Erzählen Sie uns bitte mehr darüber, Jess«, nahm Bernauer den Faden wieder auf.

»Herr Honegger, also, Patrick und ich waren etwa zwei Jahre zusammen. Wir lernten uns auf einer Touristik-Messe in Zürich kennen. Ich arbeite im Eventmarketing und war verantwortlich für die Betreuung der Aussteller. Und Bremgarten-Tourismus hatte einen Messestand. An einem Abend, nachdem die Besucher gegangen waren, kamen wir uns bei einem Glas Prosecco näher. Eines führte zum anderen.«

»Was hielt Ihre Mutter davon, dass Sie mit ihrem Chef anbandelten?«

»Das war zunächst nicht mein größtes Problem. Viel schlimmer war, dass Patrick verheiratet und zudem eine Person des öffentlichen Lebens ist. Wir mussten unsere Liebe absolut geheim halten. Niemand durfte davon erfahren. Aber vielleicht machte dies für mich gerade den Reiz der Liaison mit Patrick aus. Die ganze Situation hatte etwas Geheimnisvolles, Aufregendes.«

Bernauer kam es so vor, als sähe er für einen ganz kurzen Augenblick ein Lächeln über ihre Lippen huschen. Ponte war immer noch verzaubert. Bernauer konstatierte, dass mit seinem Kollegen in dieser Befragung nicht mehr zu rechnen war.

»Und dann kam Ihre Mutter dahinter?«

»Ja. Sie überraschte uns quasi in flagranti in einem verborgenen Winkel der Altstadt. Aber eine Stadtführerin kennt halt alle Ecken Bremgartens, auch die unbekannteren.« Wieder dieser Hauch eines Lächelns. »Sie stellte uns zur Rede. Abstreiten war sinnlos. Patrick und ich versuchten, sie von unserer Liebe zu überzeugen. Auch das war zwecklos. Sie konnte sich nicht damit abfinden. Im Gegenteil: Sie fing an, Patrick und mich unter Druck zu setzen. Wir sollten unser Verhältnis beenden, sonst würde sie alles Patricks Frau erzählen oder einen Artikel darüber in der Zeitung veröffentlichen lassen. Natürlich stritt ich mich heftig mit meiner Mutter darüber. Sie ließ sich aber nicht davon abbringen.«

Bernauer sah sich gezwungen, sie zu unterbrechen: »Sie wissen aber schon, dass Sie uns damit ein Motiv liefern?«

»Das ist mir bewusst, Herr Bernauer. Ich weiß auch, dass ich mich nicht selbst belasten muss. Trotzdem: Ich habe ein reines Gewissen. Warum sollte ich meine Mutter töten? Ich glaube behaupten zu können, dass ich eine intelligente Frau bin. Die Beziehung zu Patrick war von Anfang an nicht auf Dauer ausgelegt. Es war klar, dass wir eines eher nahen Tages wieder in unsere alten Leben zurückkehren würden. Am Anfang war es aufregend, knisternd, spannend. Aber schließlich siegte die Vernunft. Nicht nur bei mir übrigens, sondern auch bei Patrick. Vielleicht war es sogar gut, dass meine Mutter uns erwischte. So konnten Patrick und ich unser Verhältnis rechtzeitig beenden, ohne dass dabei jemand zu Schaden kam.« Bei diesen Worten zuckten sowohl Bernauer als auch Ponte erstaunt mit dem Kopf. »Immerhin starb Ihre Mutter.«

»Ja, aber das hat damit sicher nichts zu tun. Wie gesagt: Patrick ist kein Mörder. Und ich bin keine Mörderin.« Damit war für Jessica Birchmeier dieses Thema offenbar erledigt.

Bernauer musste sich überlegen, ob der Tatverdacht gegen sie oder Patrick Honegger bereits ausreichte, um einen Haftbefehl zu beantragen. Er verwarf den Gedanken vorerst und fragte stattdessen: »Gab es einen Mann im Leben Ihrer Mutter?«

»Sie meinen, ob meine Mutter liiert war? Ich glaube, zuletzt nicht. Sie war wie gesagt sehr freiheitsliebend. Eine feste Beziehung passte nicht recht in dieses Konzept. Meinen Vater habe ich nie kennengelernt.«

Bernauer und Ponte wurde zeitgleich bewusst, dass diese Befragung zu keinen weiteren Erkenntnissen führen würde.

Es war Bernauer, der die Sache beendete: »Nun denn, Jess, danke für Ihre Auskünfte. Wir machen uns dann wieder auf den Weg. Sollte Ihnen noch irgendetwas in den Sinn kommen, melden Sie sich bitte bei uns.« Wieder sah er sich genötigt, den Staubsaugervertreter zu spielen und Frau Birchmeier eine Visitenkarte zu überreichen.

Auf dem Weg zur Haustür passierten sie erneut den Rastafari-Flur. Bernauer konnte sich eine Bemerkung nicht verkneifen: »Dieser Marley-Schrein nimmt ja schon fast religiöse Züge an. Passt irgendwie nicht zu Ihrer sonstigen Wohnungseinrichtung.«

»Ach das. Dafür ist mein Mitbewohner zuständig. Wir teilen uns die Wohnung – er wohnt im vorderen Teil, ich im hinteren.«

Damit war für sie alles gesagt und sie bat die beiden Polizisten hinaus. Auf dem Weg nach unten kam es Bernauer so vor, als würde Frau Birchmeier noch lange auf der Türschwelle verharren.

»Was für eine Frau!«, platzte es aus Ponte heraus, als sie außer Hörweite waren. Sie standen vor der Haustür und drückten sich mit dem Rücken dagegen, um vom strömenden Regen nicht komplett durchnässt zu werden. Bernauer bedachte seinen Kollegen mit einem vorwurfsvollen Blick. Zu sagen brauchte er nichts. Ponte begriff sofort und wurde wieder ernst: »In dem Fall statten wir Herrn Honegger einen Besuch ab.«

»So ist es. Ist ja nicht weit.« Mit diesen Worten spurtete er los. Ponte folgte ihm mit einigem Abstand, den Jackenkragen vor dem Regen schützend über den Kopf gezogen.

KAPITEL 25

Patrick Honeggers Büro befand sich nur wenige Gassen entfernt in einer ehemaligen Bäckerei. Bernauer erinnerte sich noch gut an die Einkäufe mit seiner Mutter hier. Besonders gerne dachte er daran zurück, dass die gutherzige alte Verkäuferin dem kleinen Stephan jeweils hinter vorgehaltener Hand einen Keks zusteckte. Seine Mutter tat dabei so, als würde sie davon nichts mitbekommen, und er stopfte sich den Keks jeweils sofort ganz in den Mund, um sich nicht zu verraten. Leider hatte die Bäckerei vor Jahren schließen müssen. Das Lokal stand danach einige Jahre leer, bis sich Honegger hier sein Refugium geschaffen hatte.

Hinter den in das dicke Mauerwerk eingelassenen Schaufenstern waren großformatige Bilder mit Szenen des Stadtlebens an silbernen Ketten aufgehängt. Auf der Scheibe neben dem Eingang wies ein Schriftzug in Mattgold die Räumlichkeiten als das Büro des Tourismusdirektors aus. Beim Betreten des Raums klingelte die Türglocke. Dieses Relikt hatte man allem Anschein nach nicht entfernt. Ansonsten erinnerte das Büro Honeggers aber keinesfalls mehr an einen Verkaufsraum. Die Fliesen waren durch teures Eichenparkett ersetzt worden. Wo früher der Tresen gestanden hatte, war eine moderne Schreibtischkombination aufgebaut. Die Verkaufsregale, in denen zu Bernauers Kindertagen herrlich duftendes Gebäck auf Kundschaft gewartet hatte, waren Gestelle mit akkurat aufgereihten und sauber beschrifteten Aktenordnern gewichen. Rechts neben der Eingangstür warb ein niederes USM-Möbel mit allerlei Broschüren und Prospekten für die Stadt und ihre Sehenswürdigkeiten.

Die Polizisten standen etwas ratlos im Raum. Ponte wollte gerade zu einem »Hallo, ist da jemand?« ansetzen, als Patrick Honegger sein Büro durch einen Vorhang, der einen Nebenraum abtrennte, betrat. Wie immer war er tadellos gekleidet. Der dunkelblaue Maßanzug bildete mit den hellbraunen, rahmengenähten Schuhen und dem dazu passenden Gürtel ein elegantes Ensemble. Die obersten zwei Knöpfe des weißen Hemdes waren nicht geschlossen und offenbarten so seinen sonnengebräunten Teint. Bernauer musste zugeben, dass Honegger für sein Alter sehr gut aussah.

»Ah, die Herren Polizisten. Sehr erfreut. Was verschafft mir die Ehre?«, säuselte er, während er mit ausladenden Gesten hinter dem Schreibtisch hervorkam.

»Grüezi, Herr Honegger. Nun, äh, wir …« Weiter kam Bernauer nicht.

»Darf ich den Herren einen Kaffee anbieten? Oder lieber einen Tee? Seit ich es etwas mit den Nerven habe, trinke ich lieber Tee. Ist ja auch besser für den Magen, nicht wahr? Oder trinken Sie nicht im Dienst? Haha, kleiner Scherz! Was darf's denn nun sein? Vielleicht doch ein Wasser? Mit oder ohne Kohlensäure?«

»Also, es ist so …«

»Schlimmes Wetter, nicht wahr? Also, ich mag den Regen eigentlich ganz gerne, Sie nicht? Ich sage immer:

Wenn es so regnet draußen, dann ist es drinnen in der warmen Stube richtig gemütlich, meinen Sie nicht auch? Oder im Auto, wenn der Regen gegen die Scheibe tröpfelt und man sich dann einkuscheln kann wie in einen Kokon. Herrlich! Aber so wie in letzter Zeit ist es dann nicht mehr lustig. Das gießt ja wie aus Eimern! Da muss jemand da oben vergessen haben, die Spülung auszuschalten. Haha! Oder auch wenn es dichten Nebel hat. Das kann so cozy sein. Und Nebel haben wir ja weiß Gott genug hier im Winter. Aber das macht gerade das Mystische aus. Die Altstadt im Nebel. Nicht zu verwechseln mit den Gorillas, das ist dann wieder eine ganz andere Geschichte. Hahaha. Und …«

Weiter kam er nicht. Bernauer hatte einen der schweren Ordner aus dem Gestell genommen und ihn auf das Möbel mit den Prospekten geworfen. Die Schnallen-Verschlüsse des Ordners knallten auf das Metallgestell, dass es nur so schepperte. Die oberste Schicht der Werbebroschüren flatterte durch den Raum. Eine landete auf Honeggers rechtem Schuh.

Dieser hielt verdutzt inne. »Was um Himmels willen tun Sie da? Wissen Sie, wie viel dieses Möbel kostet? Da müssen Sie ein halbes Jahr dafür arbeiten!« Hektisch begann er, die Broschüren einzusammeln, nicht ohne sich vorher zu vergewissern, dass am Möbel kein Schaden entstanden war.

Bernauer hatte sein Ziel erreicht, den Redefluss Honeggers zu stoppen, und begann nun seinerseits zu sprechen: »Herr Honegger. Besten Dank, dass Sie sich ein paar Minuten Zeit nehmen, unsere Fragen zu beantworten.« Er genoss seinen Triumph sichtlich. Honegger war immer noch auf den Knien damit beschäftigt, die Werbeerzeugnisse wieder auf dem Möbel zu drapieren.

»Also. Sie haben ja sicher von Martha Birchmeiers Tod gehört.«

Honegger begriff den Ernst der Lage, ließ von den Prospekten ab und richtete sich bedächtig auf. »Ja, der Stadtammann hat mich heute Morgen darüber informiert. Schreckliche Sache.«

Und so schlecht fürs Geschäft, vervollständigte Bernauer Honeggers Satz in Gedanken.

»Weiß man schon, warum sie sich umgebracht hat?«, fragte der Tourismusdirektor.

»Sie meinen, wer es war.«

»Es war ein Verbrechen?« Honegger schien nun echt überrascht.

»Hat man Ihnen das nicht gesagt? Frau Birchmeier wurde ermordet.«

Honegger wirkte geschockt. Er taumelte rückwärts und musste sich auf einen der Besucherstühle setzen. »Nein, das wusste ich nicht. Der Stadtammann sagte lediglich, man hätte Martha erhängt im Hexenturm vorgefunden.«

»Sie verstehen, Herr Honegger, dass sich für uns da ein paar sehr ernste Fragen aufdrängen.«

»Ja, natürlich. Bitte sagen Sie mir, was ich für Sie tun kann.« Die Fassade des smarten Geschäftsmannes schien zu bröckeln. Entweder war Patrick Honegger ein exzellenter Schauspieler oder aber Martha Birchmeiers gewaltsamer Tod ging ihm tatsächlich nahe.

»Ich will ehrlich zu Ihnen sein, es sieht schlecht aus für Sie, Herr Honegger. Ihr Verhältnis zu Martha Birchmeier war gelinde gesagt schwierig. Sie hielt nichts von

Ihren Visionen für eine Digitalisierung oder sagen wir einmal Modernisierung des Geschäfts. Für Sie war Martha Birchmeier ein Hindernis auf dem Weg in die Zukunft. Ein ziemlich starkes Motiv, finde ich.«

»Halt, nein, nein, was soll das heißen? Ich soll Martha umgebracht haben? Sind Sie noch bei Trost? Warum sollte ich das tun? Glauben Sie, eine Leiche in einem unserer Wahrzeichen sei gute Werbung für die Stadt? Noch dazu ein Mord?«

»Sie hatten aber noch ein viel stärkeres Motiv.« Bernauer ließ sich nicht beirren.

»Das da wäre?« Honegger hatte sich wieder etwas gefasst. Seine Stimme klang fester und er stand vom Stuhl auf.

Bernauer entgegnete seelenruhig: »Die Liebe. Sie ist neben Hass das stärkste Motiv überhaupt.« Er machte bewusst eine kurze Pause, um seinen Worten das angemessene Gewicht zu verleihen. Dann fuhr er unverblümt fort: »Sie hatten ein Verhältnis mit Jessica Birchmeier.«

»Wie kommen Sie darauf?«

»Jess hat es uns erzählt.«

»Dann hat es ja keinen Zweck, es zu leugnen.«

»Nein, wahrscheinlich nicht.«

»Herr Bernauer, Sie müssen mir glauben. Ich habe Martha nichts angetan!«

Bernauer konnte es nicht ausstehen, wenn die Leute ihn anflehten. Trotzdem sagte er nichts, sondern ließ Honegger weitererzählen.

»Ja, Jess und ich waren ein Paar. Es lief gut. Wir waren sehr ineinander verliebt. Ihre Jugendlichkeit gab mir die Energie zurück, die ich seit Langem vermisste. Ich fühlte mich jung und stark und voller Tatendrang. Und Jess hatte jemanden, zu dem sie aufschauen und an den sie sich anlehnen konnte.« Bernauer warf Ponte einen vielsagenden Blick zu. Unbeirrt redete Honegger weiter: »Eines Tages kam Martha dahinter. Wir versuchten, sie von unserer Sache zu überzeugen, leider erfolglos. Sie machte eine riesige Szene und bestand darauf, dass Jess und ich unsere Beziehung beendeten. Natürlich wollte ich das nicht. Aber Mütter haben halt besonderen Einfluss auf ihre Töchter. Irgendwie hat Martha es geschafft, Jess zu überzeugen, sich von mir zu trennen. Ich kann Ihnen sagen, meine Herren, das war hart. Aber was sollte ich machen?«

»Die unliebsame Mutter aus dem Weg räumen?«, warf Ponte ein.

»Ich bitte Sie! So glauben Sie mir doch. Natürlich war ich wütend auf Martha. Und dass sie meine Mitarbeiterin war, trug auch nicht dazu bei, die Sache rasch vergessen zu machen. Aber deswegen bringe ich sie doch nicht gleich um! Ich habe schließlich einen Ruf zu verlieren! Ich riskiere doch nicht meine Karriere bloß wegen der uneinsichtigen Mutter meiner Geliebten.«

Da musste Bernauer ihm recht geben, das glaubte der Polizist auch nicht. Trotzdem blieb Honegger verdächtig. Das Motiv ließ sich nicht so einfach leugnen.

»Erzählen Sie bitte meiner Frau nichts davon, Herr Bernauer.«

»Ich weiß nicht, ob sich das vermeiden lässt.« Bernauer sah rüber zu Ponte. Dieser zuckte mit den Schultern. Bernauer musste in Ruhe über die Sache nachdenken. Das konnte er nicht hier und jetzt tun. Deshalb wechselte er zur Überraschung Pontes das Thema: »Ich hätte da noch zwei andere Fragen, Herr Honegger.«

Auch dieser schien etwas aus dem Konzept gebracht ob des abrupten Themenwechsels. Er sah den Polizisten mit großen Augen an. Dann fasste er sich wieder: »Ja, bitte fragen Sie.«

»Uns wurde gesagt, Martha Birchmeier zeigte am Abend der Tat jemandem den Hexenturm. Haben Sie eine Ahnung, wem?«

Honegger überlegte kurz, musste dann aber passen. »Nein. Meine Mitarbeitenden haben jederzeit Zugriff auf die Schlüssel zu den Sehenswürdigkeiten. Oftmals verabreden sie sich am Abend mit potenziellen Kunden, meist Hochzeitspaaren oder Eventmanagern. Da sich aus einer Besichtigung des Öfteren kein Auftrag ergibt, führen wir auch nicht Buch darüber, tut mir leid.«

»Macht nichts. Eine letzte Frage bitte noch, Herr Honegger. Sagt Ihnen der Begriff ›FMR‹ etwas?«

»FMR? Nein, bedaure. Nie gehört.«

Bernauer ließ es dabei bewenden. Trotzdem kam ihm die Sache mit den Farbanschlägen immer seltsamer vor. Er war sich aber sicher, sie irgendwann einmal aufklären zu können.

Die beiden Polizisten verabschiedeten sich und ließen den niedergeschlagenen Tourismusdirektor in seinem Büro zurück.

»Warum haben wir ihn nicht gleich mitgenommen?«, fragte Ponte, als sie wieder draußen in der Gasse standen.

»Michelangelo, du weißt so gut wie ich, dass wir dafür einen ausreichend starken Anfangsverdacht brauchen. Ich bin mir aber nicht so sicher, ob er es wirklich war. Zudem besteht meiner Meinung nach keine unmittelbare Fluchtgefahr. Ich muss mir die ganze Situation durch den Kopf gehen lassen.«

Ponte arbeitete lange genug mit Bernauer zusammen, um ihn nicht zu drängen. Sein Vorgesetzter würde ihn schon wissen lassen, wenn er zu einem Ergebnis gekommen war. Gemeinsam machten sie sich auf zum Polizeiposten.

KAPITEL 26

Zurück im Büro gab Bernauer Staubli als Erstes den Auftrag, etwas über den Vater von Jessica Birchmeier in Erfahrung zu bringen. Schließlich hätte auch er unter Umständen ein Motiv gehabt, Martha Birchmeier zu töten. Eifersüchtige, überbehütende Väter gab es zuhauf, das zeigte nicht zuletzt das Beispiel Ewald Schaufelberger. Dies traf umso mehr zu, wenn sich das geliebte Töchterchen in einen älteren Herrn verguckt hatte. Er gab Staubli zu verstehen, dass die Sache aber nicht dringend sei. Und sogleich fragte er sich, warum er das gesagt hatte. Staubli richtete sich normalerweise nicht nach der Dringlichkeit eines Auftrags. Alle Geschäfte wurden mit der gleichen stoischen Ruhe erledigt.

Bernauer seinerseits hatte seit dem Auffinden der Leichenhand endlich einmal Zeit, allein in Ruhe nachzudenken. Ponte war in Papierkram vertieft und Staubli verabschiedete sich in die Mittagspause. Bernauer schaltete sein Smartphone auf Flugmodus und seinen Computerbildschirm aus.

Er machte es sich auf seiner Bürocouch bequem. Ein Relikt aus den Zeiten, als man sich seinen Arbeitsplatz bei der Polizei noch etwas feudaler einrichten durfte. Irgendwie hatte es Bernauer geschafft, das Sofa in die heutige Zeit hinüberzuretten. Bei einer Tasse Kaffee lehnte er sich zurück und starrte an die Decke, ein Ritual, das ihm schon oft geholfen hatte, klare Gedanken zu fassen.

Eine halbe Stunde später wachte er mit einem Ruck auf. Verwirrt blickte er sich im Büro um. Die letzten Tage hatten wohl ihre Spuren hinterlassen. Immerhin war er jetzt ein bisschen erholt – dafür war der Kaffee kalt. Er machte sich eine neue Tasse und versuchte es ein weiteres Mal.

Zwei Tote innerhalb weniger Wochen. Das war schon ungewöhnlich für eine Region wie das Freiamt, das nicht gerade zu den gefährlichsten Ecken der Welt zählte. Bis jetzt wusste er aber noch nicht einmal, ob die beiden Fälle etwas miteinander zu tun hatten. Der eine lag ja schon einige Zeit zurück beziehungsweise im Wasser. So gesehen wäre es wohl reiner Zufall, wenn sie tatsächlich zusammenhingen. Bernauer beschloss, die Angelegenheiten zunächst weiterhin separat zu behandeln. Alles andere wäre wilde Spekulation gewesen.

Im Fall von Cornelia Schaufelberger trat Bernauer auf der Stelle. Der junge Hartmeier war ein Kotzbrocken, der seinesgleichen suchte. Aber Bernauer traute ihm nicht zu, einen Mord zu begehen. Wenn, dann würde er jemanden die Drecksarbeit erledigen lassen, um sich die Finger nicht schmutzig machen zu müssen. Handlanger, die für ein viel zu geringes Honorar jemanden um die Ecke brachten, gab es genug. Außerdem war Hartmeier junior in Conny Schaufelberger verliebt gewesen. Warum sollte er sie dann umbringen? Aus Eifersucht? Das machte irgendwie auch keinen Sinn. Hartmeier würde eher den Rivalen ausschalten als die Liebe seines Lebens. Leider hatten sie den jungen Hartmeier bereits wieder aus dem Gewahrsam entlassen müssen. Es gab gemäß Staatsanwalt Huber keine klaren Indizien für Flucht oder Verdunkelungsgefahr. Bernauer musste sich eingestehen, dass er damit wohl recht hatte. Auch eine unmittelbare Gefahr einer Wiederholungstat bestand nicht. Er, Bernauer, würde aber weiterhin ein Auge auf Hartmeier haben. Ganz geheuer war ihm dieser Typ nicht.

Dann war da noch dieser Afghane. Seine Rolle im ganzen Spiel war Bernauer völlig rätselhaft. Es kam ihm so vor, als sei Navid Ibn-Mohamed mehr Opfer als Täter. Es erschien dem Polizisten durchaus möglich, dass er aus lauter Verzweiflung über das Verschwinden seiner Freundin Cornelia aus der Schweiz geflüchtet war. Aber sicher war sich Bernauer nicht. Immerhin hatte Navid auf seiner Flucht aus Afghanistan wohl einige schreckliche Dinge erlebt, die seiner Psyche vermutlich stark zugesetzt hatten. Aber machte ihn das zum Mörder? Das wäre wohl zu einfach. Außerdem blieb er unauffindbar. Die Fahndung hatte bisher keinen Erfolg gebracht. Er war offenbar ein Meister des Versteckspiels. Oder er hatte bisher einfach Glück gehabt, nicht gefasst zu werden. Mittlerweile konnte er über alle Berge sein – oder sich ganz in der Nähe aufhalten. Zu gern hätte Bernauer ihn befragt. Sicherlich hätte er Licht ins Dunkel dieses Falles bringen können.

Noch seltsamer waren die Aktionen von »FMR«. Was hatten diese Farbangriffe auf ihn mit der ganzen Sache zu tun? Waren das eventuell die Drahtzieher hinter den Morden an Cornelia Schaufelberger und Martha Birchmeier? Er fasste sich an den Nacken, wo er noch immer die Nachwehen der Farbbeutel-Attacke spürte. Es hatte sich ein Hämatom gebildet, das mittlerweile in allen Farben des Regenbogens schillerte.

Die Stadtführerin wiederum hatte keine offensichtlichen Feinde gehabt. Klar, der Stadtammann und der Tourismusdirektor hatten nicht die gleichen Ansichten wie sie. Schlechte Publicity – wie einen Mord – konnten und wollten sie sich aber wohl nicht leisten. Das wäre Gift für den Tourismus. Hätte man Goldie gefragt, wäre die Antwort vermutlich eine andere gewesen. Bernauer wusste aber nicht, welche Rechnungen der Wirt des »Henry's« mit Patrick Honegger noch offen hatte. Er vermutete, so einige. Außerdem konnte man Goldies Spekulationen nicht immer für voll nehmen. Wer so viele Gerüchte hörte wie er, konnte irgendwann nicht mehr zwischen Realität und Fiktion unterscheiden.

Honegger hatte bei der Befragung ehrlich erschüttert gewirkt, als er von den Umständen des gewaltsamen Todes Martha Birchmeiers erfahren hatte. Irgendwie traute er Honegger die Tat auch nicht zu. Hinter der harten Fassade vermutete Bernauer einen weichen Kern.

Was den Stadtammann anging, war sich Bernauer nicht so sicher. Er hatte schon oft über die Skrupellosigkeit von Politikern gestaunt und über deren Leichtsinnigkeit, wenn es darum ging, politische Gegner auszuschalten. Trotzdem konnte er sich nicht vorstellen, dass der Stadtammann etwas mit dem Tod von Martha Birchmeier zu tun hatte. Dafür kannte er ihn zu gut, und Bernauer konnte sich in aller Regel auf seine Menschenkenntnis verlassen. Dies hatte er seiner langjährigen Berufserfahrung zu verdanken. Aber die hatte ihn auch gelehrt, auf seine Intuition zu hören. Ebenjene schien ihn gerade im Stich zu lassen. Er musste sich selbst eingestehen, dass er in diesem Fall beziehungsweise diesen Fällen noch völlig im Dunkeln tappte.

Mühsam richtete er sich auf und rieb sich die Schläfen. Auf der Sofakante sitzend stützte er den Kopf auf seine Hände und schüttelte ihn langsam. Wer hat euch das angetan, wer war's?

Um auf andere Gedanken zu kommen, schaltete er sein Smartphone wieder auf Empfang und durchforstete die aktuellsten Sportresultate, ohne sich wirklich darauf konzentrieren zu können. Ein süffisantes Lächeln flog über seine Lippen. Der »Z« hatte erneut verloren.

KAPITEL 27

Eddie Vedder riss Bernauer aus seinen Gedanken. Es war mittlerweile dunkel draußen und der Regen war wieder stärker geworden. Ponte hatte sich bereits vor einiger Zeit auf den Weg nach Hause gemacht. Ungelenk versuchte er, den Schieber auf dem Display seines Mobiltelefons nach rechts zu bewegen. Aus Sicht von Bernauer ein unnötiger Stressfaktor. Was war aus den guten alten Tasten geworden? Als es ihm schließlich gelang, meldete sich eine aufgeregte Stimme am anderen Ende: »Als Sie bei mir waren, ist es mir nicht in den Sinn gekommen. Aber dann haben Sie mich darauf gebracht, als wir uns über meinen Mitbewohner und die Dekoration in unserem Flur unterhalten haben. Sie sagten, das nehme fast schon religiöse Züge an. Ich brauchte eine Weile, bis ich es benennen konnte. Aber jetzt bin ich mir sicher.«

Bernauer war noch immer in Gedanken und konnte das aufgeregte Geplapper von Jessica Birchmeier nicht richtig einordnen. Als er seine Hirnwindungen in Ordnung gebracht hatte, versuchte er, beruhigend auf sie einzureden: »Guten Abend, Frau Birchmeier. Bitte eins nach dem anderen. Also: Wir waren heute Vormittag bei Ihnen. Sie konnten sich in Ruhe alles Gesagte noch einmal durch den Kopf gehen lassen. Dabei ist Ihnen etwas in den Sinn gekommen. Ich nehme an, es geht um Ihre Mutter?«

»Ja, sag ich ja. Plötzlich ist es mir wieder eingefallen: Meine Mutter erzählte mir vor ein paar Tagen, dass sie eine alte Freundin besucht habe, die heute im Kloster Hermetschwil lebt. Irgendeine alte Geschichte. Viel hat sie mir nicht gesagt, aber es hat sie ziemlich aufgewühlt. Vielleicht hat ja das etwas mit ihrem Tod zu tun? Zunächst habe ich mir nichts dabei gedacht. Aber dann kam es mir doch irgendwie wichtig vor … Ich weiß nicht, ob es etwas mit dem Mord an meiner Mutter zu tun hat.«

»Kennen Sie den Namen der Freundin?«

»Nein, tut mir leid.«

Bernauer bedankte sich für das Gespräch und legte auf. Der Fall wurde immer verworrener.

KAPITEL 28

Es war nicht schwierig herauszufinden, wen Martha Birchmeier im Kloster Hermetschwil besucht hatte. Über die Besuche von Außenstehenden wurde auf der Klosterverwaltung akribisch Buch geführt. Erstaunt war Bernauer vielmehr, dass auch bereitwillig darüber Auskunft gegeben wurde. Nicht so einfach war es jedoch, einen Termin zu vereinbaren. Die Ordensschwestern legten viel Wert auf Ruhe und ihren regelmäßigen Tagesablauf. Eine Visite der Polizei war darin nicht vorgesehen. Irgendwie gelang es Staubli dann aber doch, für seinen Chef ein Treffen zu arrangieren. Bernauer war ihm dankbar dafür, auch wenn er nicht weiter hinterfragen wollte, wie genau Staubli dieses Kunststück in so kurzer Zeit gelungen war. Er legte es für sich so zurecht, dass die Klostergemeinschaft Suchenden und verlorenen Seelen die Gelegenheit geben wollte, sich zu öffnen und ihre Sorgen den Nonnen anzuvertrauen. In diese Kategorie fiel wahrscheinlich auch die polizeiliche Ermittlung in einem Mordfall. Außerdem waren die Benediktinerinnen seit jeher bekannt für ihre Gastfreundschaft.

Er stellte Großvater auf dem Parkplatz vor den Klostermauern ab. Die Parkgebühr schenkte er sich. Er durchschritt das beeindruckende, über 400 Jahre alte Tor und stand auf dem Klosterhof. Zu lange konnte er nicht stehen bleiben, weil der Regen wieder stärker geworden war. Die Gebäudegruppe strahlte etwas Erhabenes aus. Als Kind war Bernauer manchmal hierhergekommen, um nach Resten aus der Hostienbäckerei zu fragen. Die Kinder schickten dann jeweils einen aus ihren Reihen vor, um an der Bäckereitür zu klopfen. In Kindertagen waren Bernauer die Nonnen unheimlich erschienen in ihren Gewändern und abgekapselt hier im Kloster lebend. Auch heute kam sich Bernauer klein vor in Anbetracht der alten Mauern, fühlte sich aber gleichzeitig willkommen und geborgen. Die strahlend weiß getünchten Fassaden bildeten einen gelungenen Kontrast zu den dunklen und tief hängenden Ziegeldächern. Besonders beeindruckt war Bernauer vom Archivturm mit seinem karminroten Zwiebeldach.

Er musste sich zuerst orientieren. Ein Schild wies ihm den Weg zum Empfang. Das schmiedeeiserne Tor zur Eingangstür war mit seinem aufgesetzten, goldfarbenen Kreuz weit weniger imposant, aber ebenfalls hübsch anzusehen. Er stand etwas unschlüssig vor der Holztür und betätigte nach einem kurzen Zögern den schweren Türklopfer energisch.

Es dauerte eine Weile, bis sich die Tür öffnete und eine junge Nonne – offenbar eine Novizin – ihn nach seinem Anliegen fragte. Bernauer stellte sich vor und erklärte, worum es ging. Die Novizin hieß ihn, einen Moment zu warten, und verschwand in einem Raum neben dem Eingang. Bernauer sah sich um und war auch vom Innern des Klosters beeindruckt. Die Restauratoren hatten ganze Arbeit geleistet. Der alte Klinkerboden glänzte, als wäre er gerade erst verlegt und versiegelt worden. Die Wände und Decken des Empfangsraums nahmen den in den oberen Stockwerken verwendeten Fachwerkbau dezent auf, indem in lockeren Abständen Balken freigelegt waren. Ihre rote Farbe verlieh dem Raum etwas Gemütliches. Gleich rechts neben der Eingangstür stand eine einfache Sitzbank aus Kirschbaumholz. Bernauer wollte sich gerade daraufsetzen, als scheinbar aus dem Nichts eine ältere Ordensschwester auftauchte.

»Grüß Gott, Herr Bernauer«, empfing ihn die Nonne.

»Guten Morgen, ääh … Schwester«, stammelte Bernauer, dem die Situation sichtlich unangenehm war.

»Alexandra. Schwester Alexandra«, half ihm die Nonne.

»Angenehm«, log er.

Bernauer zog sein kleines, schwarzes Notizbuch hervor und zückte seinen Lamy Druckbleistift. »Haben Sie auch einen Nachnamen?«

Schwester Alexandra lächelte und entblößte dabei eine lockere Reihe schlecht gepflegter Zähne. »Ingold«, meinte sie.

Bernauer notierte etwas in sein Buch. »Also: Alexandra Ingold.«

»Eigentlich Petra Ingold«, erwiderte die Nonne zögerlich.

»Was denn nun? Alexandra oder Petra?«, hakte er nach, schroffer als beabsichtigt. Eine Ordensschwester zu befragen, gehörte nicht gerade zu seinen täglichen Aufgaben, weshalb er seine Anspannung nicht wie sonst üblich bereits nach dem ersten Wortwechsel ablegen konnte.

»Petra«, bestätigte Schwester Alexandra. »Petra ist mein Taufname. Eigentlich ein hübscher Name. Er bedeutet ›Stein‹ oder ›Fels‹, wissen Sie?«

Bernauer sah von seinen Notizen auf und nickte kurz.

Die Schwester fuhr fort: »Leider wurde mir der Name bald zuwider.« Ohne Bernauers Antwort abzuwarten, redete Schwester Alexandra weiter: »Meine Eltern waren nicht reich. Mein Vater war Steinmetz – heute würde man wohl ›Bildhauer‹ sagen. Die harte Arbeit mit dem harten Material machte aus meinem Vater einen harten Menschen. Trotz der zum Teil sehr künstlerischen und filigranen Werke blieb mein Vater eher Handwerker als Künstler. Meine Mutter kümmerte sich um den Haushalt und die Kinder. Wir waren vier Mädchen. Ich war die Jüngste. Mein Vater wollte unbedingt einen Jungen und konnte nicht akzeptieren, dass auch ich als Mädchen geboren wurde. Der allmächtige Gott verzeihe ihm!« Schwester Alexandra bekreuzigte sich rasch und erzählte weiter: »Mein Vater nannte mich deshalb ›Peter‹. Ich musste die Haare kurz tragen und mich kleiden wie ein Knabe. Wenn die anderen Mädchen mit ihren Puppen spielten, zeigte mir mein Vater, wie man mit Hammer und Meißel umging. Mit der Zeit hasste ich meinen Vater immer mehr und mit ihm meinen Namen. Als ich mich entschied, ins Kloster zu gehen, wählte ich einen neuen Namen: Alexandra. Wollen Sie wissen, was der Name bedeutet?«

»Was bedeutet er?«, sah sich Bernauer genötigt zu fragen.

»Die fremde Männer Abwehrende!«, antwortete Schwester Alexandra und lachte dabei glucksend und etwas zu laut, wie Bernauer fand.

Offenbar wird man etwas seltsam, wenn man hier drin zu lange nur unter seinesgleichen eingesperrt ist – lebt, korrigierte sich Bernauer gleich selbst. Ernst blickte er der Nonne direkt in die Augen. »Ich muss Sie bitten, mir ein paar Fragen zu beantworten. Können wir uns irgendwo ungestört unterhalten?«

Schwester Alexandra machte eine ausschweifende Bewegung mit ihrem rechten Arm. »Hier sind wir überall ungestört.« Sie zeigte verschwörerisch mit dem linken Zeigefinger nach oben. »Und vor ihm habe ich keine Geheimnisse.«

Bernauer seufzte. »Ich meinte eher einen kleineren Raum als diese Eingangshalle«, schlug er vor.

»Ach so! Folgen Sie mir bitte.«

Die Schwester zwinkerte Bernauer zu. Diesem wurde dadurch nicht gerade angenehmer zumute. Er fragte sich, ob die Nonne über die Jahre wohl nicht doch etwas zu viel Weihrauch inhaliert hatte, kam aber nicht dazu, den Gedanken zu Ende zu denken, weil Schwester Alexandra bereits losmarschiert war. Trotz ihres beträchtlichen Alters war sie gut zu Fuß und Bernauer hatte Mühe, mit ihr Schritt zu halten.

Am Ende eines langen Ganges blieb Alexandra endlich vor einer hölzernen Tür stehen.

»Bitte sehr!« Sie öffnete sie und bedeutete ihm einzutreten. »Unser Sportraum«, sagte die Nonne bedeutungsvoll.

Bernauer trat ein und sah sich im hellen Zimmer um. In der gegenüberliegenden Ecke des kleinen Raums stand ein Metallgestell mit diversen Drahtseilen, Gewichten und Stangen – offenbar ein Fitnessgerät. An der Wand links der Tür war eine Sprossenwand befestigt. Auf dem Boden standen ein Rudergerät und eine Halterung für Hanteln jeglicher Farben und Größen. In der rechten Ecke stand ein kleiner Tisch mit zwei Stühlen.

»Sie haben einen Fitnessraum?« Bernauer konnte nicht glauben, was er sah. In seiner bisherigen Vorstellung des Klosterlebens war die einzige Gymnastik der Bewohnerinnen das Auf und Ab in den Kirchenbänken während der Messe.

»Selbstverständlich«, riss ihn die Nonne aus seinen Überlegungen. »Was denken Sie denn, wieso wir Klosterfrauen so alt werden? Mens sana in corpore sano. Und außerdem: Ora et labora schließt ja die Arbeit mit Gewichten nicht aus.« Wieder zwinkerte ihm die Nonne zu und bat ihn, am Tisch Platz zu nehmen.

Irritiert setzte sich Bernauer und schob mechanisch die laminierten Instruktionsblätter zur Seite, die die verschiedenen Übungen an den Geräten erklärten. Sein Blick fiel auf ein uraltes Wandtelefon neben der Tür. Der Apparat hatte noch eine Wählscheibe und zwei metallen glänzende Glocken an der Oberseite.

»Hier im Kloster herrscht absolutes Handyverbot«, sagte die Ordensfrau, die Bernauers Blick gefolgt war. Rasch erhob sich dieser und kramte sein Mobiltelefon aus der Hosentasche, um es auszuschalten. Dabei fiel sein Blick auf das nächstgelegene Fenster. Bernauer machte einen Schritt darauf zu, um nach draußen zu schauen. Ihm bot sich ein wunderschöner Ausblick auf die Reussebene und die sie umgebenden Wälder und Auen. Wäre das Wetter nicht so schlecht gewesen, hätte man bestimmt bis zu den Zentralschweizer Bergen sehen können.

»Schöne Aussicht haben Sie hier«, sagte er schließlich.

Die Nonne trat zu ihm ans Fenster und schaute ebenfalls hinaus.

»Der Fluss gibt mir Kraft«, flüsterte sie. Und etwas

lauter fuhr sie fort: »An klaren Tagen mit guter Fernsicht sieht man bis hinunter zum Pilatus. Ich stehe oft hier und lausche dem Rauschen der Reuss und erfreue mich an der schönen Landschaft.«

»Und wozu brauchen Sie den?« Bernauer deutete mit dem Kinn auf einen klobigen Armeefeldstecher, der an einem großen Nagel neben dem Fenster hing.

»Damit beobachten wir vorbeiziehende Wasservögel. Wir sind begeisterte Ornithologinnen.«

Bernauer zog die Augenbrauen hoch.

»Oder wir notieren uns die Nummernschilder der Jugendlichen mit ihren Mofas, wenn sie unten an der Reuss wieder einmal so laut Party machen, dass wir nicht schlafen können.«

Wieder grinste die Nonne ihr Grinsen, das Bernauer immer noch nicht richtig einordnen konnte; irgendetwas zwischen absoluter Gelassenheit und abgrundtiefem Wahnsinn. Er wusste nicht recht, ob sie das ernst meinte mit den Jugendlichen oder nicht. Er würde sich bei Gelegenheit über die Informationspraxis der Ordensschwestern bei seinen Kollegen der Regionalpolizei erkundigen.

Sie setzten sich wieder an den kleinen Tisch. Und Bernauer zog sein Notizbuch und seinen Bleistift aus der Tasche. Schwester Alexandra nestelte nervös an ihrer Kutte herum.

»Gut«, begann er. »Sie wohnen jetzt also seit wie langer Zeit hier im Kloster?«

»Seit dem Tag, an dem mein Vater beerdigt wurde. Noch am selben Abend trat ich hier ins Kloster ein.«

Was sollte Bernauer dazu sagen? Er ließ es dabei bewenden.

»Warum ich hier bin, Frau Ingold«, er fand es irgendwie seltsam, die Nonne bei ihrem Nachnamen zu nennen, »Schwester Alexandra«, fuhr er daher fort. »Martha Birchmeier wurde erhängt aufgefunden. Alles deutet auf ein Verbrechen hin.«

Bernauer hatte beschlossen, nicht lange um den heißen Brei herumzureden. Manchmal war die direkte Ansprache des Unausweichlichen die beste Methode, die Menschen zum Reden zu bringen.

Schwester Alexandra starrte ihn an. Er konnte keine Regung in ihren Gesichtszügen erkennen. Sehr langsam bekreuzigte sie sich.

»Wer war es?«, fragte sie plötzlich.

»Das versuche ich herauszufinden«, entgegnete Bernauer. »Wir wissen, dass Frau Birchmeier Sie in den letzten Tagen besucht hat. Worum ging es dabei?«

Die Schwester fixierte eine Weile die Tischplatte. Gerade als Bernauer nachhaken wollte, ob sie die Frage verstanden habe, hob sie unvermittelt den Kopf, blickte ihm direkt in die Augen und bekreuzigte sich abermals. Bernauer wich beinahe unmerklich ein kleines Stück zurück, überrascht ob der plötzlichen Entschlossenheit der Frau.

»Warum sollte ich Ihnen verschweigen, was Sie ohnehin früher oder später herausfinden werden.«

KAPITEL 29

Die Ordensschwester erzählte sachlich und ernst. Nichts war geblieben von ihrem Schalk. Zu nahe ging ihr die Geschichte und zu sehr war sie wohl darauf bedacht, die Geschehnisse möglichst genau zu schildern.

»Martha besuchte mich, um mir vom Tod ihrer Schwester Barbara zu berichten. Genau genommen war sie die Halbschwester von Martha. Sie ist letzten Monat verstorben. Martha hat sie nur um wenige Wochen überlebt.« Sie faltete ihre Hände zum Gebet und murmelte ein paar Sätze mit geschlossenen Augen. Dann fuhr sie fort: »Barbara und ich hatten unsere Kindheit zusammen verbracht. Sie war ein kluges und zurückhaltendes, ja scheues Kind. Ich mochte sie aber sehr gerne, vielleicht gerade deshalb. In den letzten Jahren haben wir den Kontakt zueinander leider verloren.«

Sie starrte einen Augenblick versonnen ins Leere.

»Martha interessierte sich sehr für unsere Vergangenheit im Geisshof. Sie hatte das ja selbst alles nicht mitbekommen, sie wurde erst viel später geboren. Damals, Anfang der 40er-Jahre, herrschten in ganz Europa und auf der Welt Chaos und Verwüstung. Wir hier in der Schweiz waren sicherlich nicht so stark betroffen wie andere Gegenden. Es gab wenige direkte Kriegsopfer und wir mussten nicht auf Schritt und Tritt um unser Leben fürchten. Dennoch war das Dasein zu jener Zeit auch hier bei uns entbehrungsreich. Nahrungsmittel waren rationiert und jede Familie versuchte so gut es ging, sich mit dem Anbau im eigenen Garten über Wasser zu halten. Das galt für das ganze Land, aber insbesondere für einen abgelegenen Weiler wie den Geisshof. Doch diese Abgeschiedenheit hatte auch ihr Gutes. Wir wussten einander zu helfen. Jeder und jede stand für die anderen ein. War Not am Mann oder an der Frau, hat man sich geholfen. Das war selbstverständlich. Dafür gab es aber auch keine Geheimnisse. Jede Familie wusste von den anderen praktisch alles. Das konnte von Vorteil sein, aber auch von Nachteil.«

Die Nonne machte eine bedeutungsvolle Pause und blickte dabei durch Bernauer hindurch, als stünde hinter ihm an der Wand, wie die Erzählung weiterging. Sie gab sich einen Ruck und fuhr fort: »Wie dem auch sei. Hatte jemand beispielsweise ein paar Rüebli, wurden sie mit einer anderen Familie vielleicht gegen Kartoffeln getauscht. Gab es in einem Jahr viele Äpfel, wurden sie unter allen aufgeteilt und so weiter. Um die sogenannte Anbauschlacht des Bundes haben wir uns wenig gekümmert. Nachrichten von außerhalb kamen sowieso sehr selten bis zu uns, geschweige denn Anordnungen von Bundesbern oder vom Kanton. Und verirrte sich trotzdem jemand bis zu uns, haben wir artig genickt und dann doch gemacht, was wir wollten. Irgendwann haben sie offenbar kapiert, dass wir uns nichts sagen ließen, und behelligten uns nicht mehr. – Bis eines Tages die Baracken aufgestellt wurden.«

Bernauer horchte auf. Er kannte die Geschichte von der Stadtführung her. Dennoch war er gespannt, sie aus anderer Warte zu hören. Er legte Notizheft und Stift beiseite, lehnte sich zurück und verschränkte die Arme. Sofort kam ihm diese Geste falsch vor, weil er in einem Weiterbildungsseminar einmal gehört hatte, sie signalisiere Zurückhaltung und Verschlossenheit. Augenblicklich rückte er den Stuhl zurecht und lehnte sich wieder nach vorne, die Unterarme auf der Tischplatte platziert.

»Ich kann mich noch erinnern, als sei es gestern gewesen«, fuhr sie fort. »Wir Kinder spielten Verstecken zwischen den Höfen und Scheiterbeigen. Barbara war eine Meisterin darin. Sie war schon immer ein schmächtiges, drahtiges Kind. Sie konnte sich in die engsten Winkel verkriechen und sich sehr klein machen. Für die anderen Kinder war es immer sehr schwer, sie zu finden, wenn sie sich nicht finden lassen wollte. Sie beobachtete uns dann aus ihrem Versteck heraus und wir konnten sie nicht entdecken, auch wenn wir fast auf sie drauftraten. Das konnte Stunden so gehen. Meistens haben wir nach einiger Zeit die Lust am Spiel verloren und etwas anderes gemacht. Dann kam Barbara jeweils beleidigt aus ihrem Winkel hervorgekrochen und machte sich über uns lustig, dass wir sie so lange nicht gefunden hätten. Aber wir waren nicht lange böse aufeinander. Wie konnten wir auch? Im Weiler hatten wir ja eine beschränkte Anzahl an Spielkameraden. Da konnte man nicht lange auf jemanden verzichten. Ich gehörte zu den jüngeren Kindern und machte einfach, was mir die älteren sagten.«

Schwester Alexandras ansteckendes Lächeln kehrte für einen ganz kurzen Moment zurück. Dann wurde sie aber wieder ernst.

»Vor ein paar Wochen kam Martha zu mir und wollte über die alten Zeiten reden. Zuerst habe ich mich sehr gefreut, dass sie mich besuchte und über Barbara berichtete. Offenbar hatten sich die beiden Halbschwestern viel erzählt gehabt. Mir wurde aber schnell klar, dass es Martha nicht nur darum ging, Erinnerungen über die Versteckspiele auszutauschen. Sie hegte irgendeinen Verdacht. Aber ich kam nicht dahinter. Ich wurde den Eindruck nicht los, dass sie etwas bestätigt haben wollte, was sich damals abgespielt hatte. Ich ließ so lange nicht locker, bis sie damit herausrückte. Es ging um die Geschichte von Max und Regula.«

Sie stand unvermittelt auf, ging quer durch den Raum zu einem kleinen Waschbecken, nahm sich einen Plastikbecher von einem bereitstehenden Stapel und füllte ihn mit Wasser vom Hahn. Dies tat sie in einer Seelenruhe, die sie sich im Laufe ihres Lebens als Nonne verinnerlicht hatte.

Als sie sich mit dem Becher in der Hand wieder auf ihren Stuhl setzte, fragte Bernauer: »Was hatte es damit auf sich?« Er war wieder in den Ermittlermodus gekommen.

»Max Hartmeier und Regula Tanner waren schon sehr jung ein Paar. Die beiden waren füreinander geschaffen. Das war irgendwie allen klar im Weiler und den beiden auch. Sie waren immer zusammen unterwegs, hatten nur Augen füreinander und hielten zusammen wie Pech und Schwefel. Ich denke, vor allem für Max war Regula die einzige Frau, die er je würde lieben wollen und können. Bei Regula war ich mir da nicht so sicher, behielt das aber wohlweislich für mich. Das Schicksal meinte es nicht gut mit Regula. Eines Tages war sie plötzlich verschwunden. Sie tauchte nie mehr auf. Anfangs dachte man noch, sie hätte die Einsamkeit im Geisshof nicht mehr ausgehalten und sei getürmt. Die eingeschaltete Polizei nahm die Ermittlungen auf, fand aber nie heraus, was mit Regula geschehen war. Es schien alles wie immer zu sein. Keine Hinweise auf eine Abreise oder ein Gewaltverbrechen. Bis zum heutigen Tag blieb sie verschwunden. Für Max war das ein schwerer Schlag. Er erholte sich nie richtig davon. Ich habe heute keinen Kontakt mehr zu ihm, weiß aber von Martha, dass er anscheinend immer noch damit zu kämpfen hat. Richtig glücklich wurde er nie mehr.«

»Woher wissen Sie das alles?«

»Martha hat es mir erzählt. Sie war bei Max Hartmeier, um ihm von Barbaras Tod zu berichten. Dabei sind sie anscheinend ins Plaudern geraten.«

Bernauer öffnete sein Notizbuch und notierte eifrig.

»Damals kam eines Tages eine große Unruhe in den Geisshof. Jemand in Bern oder Aarau beschloss, in unserem Weiler eine Barackensiedlung für Kriegsgefangene mehrheitlich aus Polen zu errichten. Sie können sich vorstellen, dass das speziell für uns Kinder eine Riesensache war. Plötzlich waren da fremde Leute. Die Bevölkerung des Weilers schnellte von einem Tag auf den anderen um das Fünffache in die Höhe. Das ›ding, ding, ding‹ der Steine klopfenden Kohorten wurde zum alltäglichen Geräusch, ohne das man sich das Leben bald nicht mehr vorstellen konnte. Natürlich waren wir Kinder neugierig. Man hat uns zwar verboten, mit den Fremden in Kontakt zu treten, aber wir hielten uns nicht wirklich daran. Oftmals schlichen wir uns unbemerkt in die Baracken. Gerne verbrachten wir Zeit im Aufenthaltsraum. Die Insassen nahmen nicht weiter Notiz von uns und ließen uns in Ruhe. Das galt aber offenbar nicht für Regula.«

Wieder machte Schwester Alexandra eine Pause und wieder bemühte sich Bernauer, nicht dazwischenzureden.

»Offenbar hatte sich zwischen Regula und einem polnischen Kriegsgefangenen eine Liebelei entwickelt. Ich wusste bis letzte Woche nichts davon. Martha Birchmeier hat es mir erzählt. Barbara wiederum hatte es ihr auf dem Totenbett berichtet. Jahrzehntelang hatte sie das Geheimnis für sich behalten. Aber in Anbetracht der baldigen Nähe unseres Herrgotts hat sie sich ihrer Halbschwester anvertraut. Das Ganze nahm damals eine sehr dramatische Wendung.«

Wieder bekreuzigte sich die Nonne.

»Es war ein lauer Sommerabend und wir Kinder spielten unser übliches Versteckspiel. Als wir nach Hause gerufen wurden, blieb Barbara noch ein Weilchen in ihrem Schlupfloch. Von dort aus konnte sie Regula beobachten, wie sie mit einem jungen Polen in einen Streit verwickelt war. Noch in derselben Nacht ging Regula ins Wasser. Sie nahm den kurzen Weg hinunter zur Reuss, bekleidet nur mit ihrem Nachthemd. Als sie bis zu den Knien im Wasser stand, tauchte hinter ihr plötzlich Max Hartmeier aus der Dunkelheit auf. Er musste es irgendwie gespürt haben und rannte seiner Regula hinterher. Er schrie und gestikulierte wild, doch es war zu spät. Als sie ihn kommen sah, beschleunigte sie ihre Schritte im schlammigen Untergrund. Die Reuss riss sie mit und wurde ihr nasses Grab. Max blieb verzweifelt am Ufer zurück. Barbara Birchmeier getraute sich erst am nächsten Morgen aus ihrem Versteck und behielt das Beobachtete bis kurz vor ihrem Tod für sich. Regulas Leiche hat man nie gefunden.«

Schwester Alexandra brauchte offenbar eine Pause. Das Sprechen über diese Geschichte schien sie mitzunehmen. Nach einem kurzen Moment raffte sie sich auf und erzählte weiter: »Niemand wusste damals genau, warum Regula verschwand. Alle Spekulationen verliefen im Nichts. Max schwieg dazu. Er war zwar Zeuge von Regulas Suizid, konnte sich aber den Grund für den Selbstmord nicht erklären. Er hatte schwer damit zu kämpfen. Das Ganze hat ihn von innen aufgefressen und seine Seele zerstört. Auch die zweite Zeugin behielt das Beobachtete für sich. Es muss für Barbara eine Qual gewesen sein, dieses Geheimnis über all die Jahre für sich zu behalten. Sie beschloss, die wahre Geschichte ihrer Halbschwester Martha zu erzählen. Vielleicht vertraute sie sich deshalb mir an, um sich die Last dieses Geheimnisses von der Seele zu reden.« Sie nahm einen Schluck Wasser aus dem Becher, lehnte sich verschwörerisch nach vorne zu Bernauer und flüsterte: »Und dann war da noch etwas.«

Bernauer beugte sich nun auch über den Tisch, sodass zwischen den beiden gerade noch eine Handbreit Platz war.

»Barbara hatte an jenem Abend in ihrem Versteck offenbar noch mehr mitbekommen. Bis fast zu ihrem Tod schwieg sie wie ein Grab und erzählte keinem ein Sterbenswörtchen darüber.«

Offenbar fiel nur Bernauer die Pietätlosigkeit ihrer Wortwahl auf, denn die Nonne redete unbeirrt weiter: »Es ging darum, dass Regula von ihrem polnischen Liebhaber schwanger war! Als gläubiger Katholik wollte er, dass Regula das Kind austrug. Für sie kam dies nicht infrage. Man muss sich die Situation einmal vorstellen, Herr Bernauer. Damals bedeutete es für eine so junge Frau den gesellschaftlichen Tod, ein uneheliches Kind zu bekommen. Regula hätte niemals jemanden heiraten können, zumindest nicht jemanden aus der Region. Sie hätte fortgehen müssen und das Kind hätte man ihr wahrscheinlich weggenommen und zur Adoption freigegeben. Also wollte sie es lieber gar nicht erst bekommen. Regula sah keinen anderen Ausweg, als ins Wasser zu gehen. Dieses Geheimnis verriet Martha Max Hartmeier ebenfalls. Anscheinend wurde er fuchsteufelswild deswegen.«

Bernauer atmete leicht durch die Nase aus, fasziniert und schockiert zugleich vom soeben Gehörten. »Und warum versuchte Max Hartmeier nicht schon damals energischer, den Grund für Regulas Suizid herauszufinden? Immerhin war sie offenbar seine große Liebe, die da von einem Tag auf den anderen beschloss, aus dem Leben zu scheiden«, wollte er schließlich wissen.

»Darüber kann ich nur spekulieren. Ich denke, er befürchtete, etwas von der Geschichte könnte auf ihn zurückfallen und man würde ihn eines Verbrechens verdächtigen, oder er wollte die Ehre seiner Regula nicht in den Schmutz ziehen, weil Selbstmord damals als Sünde galt. Es spielt aus meiner Sicht aber nicht wirklich eine Rolle. An jenem Abend kamen drei Menschen ums Leben: Regula, ihr ungeborenes Kind und irgendwie auch Max Hartmeier. Er ist zwar damals nicht gestorben, seiner Seele aber wurde jeder Lebenssinn geraubt.«

»Und was passierte mit dem jungen Polen?«

»Als Regula verschwand, fiel der Verdacht natürlich auch auf die Insassen. Manch einer im Weiler verdächtigte die Bewohner der Baracken, in die Sache involviert zu sein. Die Polizei fand aber keine Anhaltspunkte oder gar Beweise, dass ein Gefangener irgendetwas damit zu tun hatte. Als das Lager dann aufgelöst wurde, zerstreuten sich die Insassen in alle Himmelsrichtungen und mit ihnen die Hoffnungen auf ein Auftauchen von Regula Tanner.«

Bernauer und die Nonne saßen sich noch eine Weile schweigend gegenüber. Die Erzählung hatte Bernauer mitgenommen. Mehr, als er sich als erfahrener Polizist eingestehen mochte. Schließlich gab er sich einen Ruck, stand auf, bedankte sich herzlich bei Schwester Alexandra und bat sie, ihn zum Ausgang zu begleiten.

Bei der Pforte angekommen, überreichte er ihr seine Visitenkarte, dieses Mal ohne peinlich berührt zu sein. Für Schwester Alexandra würde er jederzeit ein offenes Ohr haben.

Auf dem Vorplatz schaltete Bernauer sein Mobiltelefon ein. Früher hätte er sich in Situationen wie dieser umgehend eine Zigarette angesteckt, aber er hatte das Rauchen längst aufgegeben. Das Smartphone war dafür zur Ersatzdroge geworden. Es vibrierte wie wild. Das Display zeigte sechs Anrufe in Abwesenheit. Alle von der gleichen Nummer: Gerichtsmedizinerin Sigi Bernhard.

KAPITEL 30

Schon von Weitem sah er den Bußenzettel unter Großvaters Scheibenwischer. Bernauer ärgerte sich über die übereifrigen Regionalpolizisten, musste sich dann aber eingestehen, dass er selbst einmal zu dieser Spezies gehört hatte und Milde walten lassen sollte. Dennoch nervte ihn der Gang zum Sekretariat auf dem Polizeiposten, das sich um die Sache zu kümmern hatte. Das höhnische Grinsen der Kollegen war ihm sicher.

Er öffnete die Fahrertür und warf den Bußbescheid gekonnt auf den Beifahrersitz. Dann zückte er sein Smartphone und wählte Sigi Bernhards Nummer.

»Was gibt's?«, fragte er, als sie abgehoben hatte. Nach dem eher betrüblichen Gespräch mit Schwester Alexandra und der ärgerlichen Buße hatte Bernauer keine Lust auf ein langes Palaver und wollte gleich zur Sache kommen.

»Auch Ihnen einen wunderschönen guten Tag, Herr Bernauer«, säuselte die Gerichtsmedizinerin unverhohlen ironisch. »Haben Sie doch einmal die Muße, an Ihr Telefon zu gehen?«

Bernauer sah sich zu einer Rechtfertigung gezwungen: »Es tut mir leid, Sigi. Es war ein harter und eher deprimierender Tag.«

Offenbar hatte die Ärztin keine Mühe damit, dass Bernauer sie duzte, blieb aber beim Sie. »Dann dürften Sie die folgenden Informationen zum Fall Cornelia Schaufelberger aufheitern.«

Bernauers Neugier war geweckt: »Ich höre.«

»Nun, die ganze Geschichte hat mir einfach keine Ruhe gelassen. Bei unserem letzten Treffen vermutete ich als Todesursache einen Schlag auf den Hinterkopf. Aber irgendetwas stimmte da nicht.«

»Bitte spannen Sie mich nicht auf die Folter!« Auch Bernauer kehrte unbewusst zum Sie zurück.

»Ich habe mir die Mühe gemacht und die Leiche noch einmal genau untersucht. Dabei bin ich in der Lunge des Opfers auf etwas Interessantes gestoßen. Ich fand dort neben allerlei Schlamm und Algen kleine grüne Pflanzenpartikel. Ich musste einen Kollegen, der Botaniker ist, zurate ziehen. Nach einigen Untersuchungen konnte er die Pflanzenteile einer Gattung zuordnen: Nuphar japonica.«

»Nu… was?«

»Nuphar japonica, die japanische Teichrose. Sie ist in Japan heimisch und kommt bei uns natürlicherweise nicht vor. Schon gar nicht in einem stark fließenden Gewässer wie der Reuss. Die Pflanze ist allerdings beliebt bei Teich- und Aquarienbesitzern.«

»Und was heißt das nun für unseren Fall?« Bernauer wusste die Antwort bereits, wollte sie aber von Sigi Bernhard hören und bestätigt wissen.

»Das heißt, dass Cornelia Schaufelberger wohl erstens nicht in der Reuss zu Tode kam, sondern erst nach ihrem Tod darin versenkt wurde, und zweitens nicht der Schlag auf den Hinterkopf die unmittelbare Todesursache war, sondern dass unsere Conny ertrunken ist, und zwar in einem stehenden Gewässer mit japanischer Bepflanzung.«

Bernauer hatte genug gehört. »Danke, Sigi!«, brachte er gerade noch hervor, bevor er das Telefonat beendete. Er brauchte die Leitung jetzt, um eine Verhaftung zu organisieren.

KAPITEL 31

Max Hartmeier war zu Hause nicht anzutreffen. Die ausgesandten Polizisten kehrten erfolglos zurück. Nicht einmal Hartmeiers Butler war zugegen. Auch ein zwei Mann starkes Observationsteam gab nach 24 Stunden auf. Hartmeier musste den Braten gerochen haben.

»Was machen wir jetzt?«, wollte Ponte von Bernauer wissen.

»Da ist guter Rat teuer. Ich habe bereits eine internationale Fahndung veranlasst. Bisher erfolglos. Staubli soll bei Hartmeier junior fragen, ob er weiß, wo sich sein Vater aufhalten könnte. Aber da habe ich wenig Hoffnung.«

»Du meinst bei Staubli oder bei Hartmeier?«, frotzelte Ponte.

Bernauer bedachte ihn mit einem vielsagenden Blick, legte die Hände in den Nacken und drehte sich langsam auf seinem Bürostuhl hin und her. Eine Position, die Bernauers Gedanken normalerweise in Schwung brachte – dieses Mal nicht.

»Ich mache Schluss für heute, Michelangelo. Vielleicht bringt der morgige Tag ja etwas Neues. Oder zumindest besseres Wetter.«

Es war 23 Uhr, als Bernauer von Pearl Jam aus dem Tiefschlaf gerissen wurde. Er hatte gerade einmal eine Stunde geschlafen. Noch völlig benommen versuchte Bernauer, den grünen Schieber seines Smartphones nach rechts zu schieben, um den Anruf entgegenzunehmen.

Nach dem dritten Versuch gelang es ihm und er murmelte seinen Namen, mehr zu sich selbst als in sein Telefon.

»Er steht auf der Brücke, kommen Sie schnell!«, tönte eine aufgeregte Stimme am anderen Ende der Leitung.

»Wer steht wo und wer sind Sie überhaupt?« Bernauer war unausstehlich, wenn er unsanft geweckt wurde.

»Hier ist Schwester Alexandra.« Kurze Pause. »Sie hatten mich doch gebeten, mich bei Ihnen zu melden, falls mir noch etwas einfällt.« Wieder eine Pause. »Eingefallen ist mir zwar nichts mehr dazu – aber auf der Dominilochbrücke steht Max Hartmeier!«

Bernauer war sofort hellwach. Er stellte sich die Nonne vor, wie sie vom Fenster des Fitnessraums mit dem Feldstecher Richtung Brücke spähte und ihn, Bernauer, mit dem klobigen, alten Wandtelefon anrief. Von wegen Vogelkundlerin.

»Sind Sie sicher, dass es Max Hartmeier ist?«

»Ganz sicher. Ich habe ihn zwar schon eine Zeit lang nicht gesehen, aber dieses Gesicht vergesse ich nie.«

»Ich bin gleich da!«, sagte Bernauer, bereits mit einem Bein in seiner Jeans steckend, das Telefon zwischen Schulter und Ohr eingeklemmt. Seine Frau war nun ebenfalls wach geworden, musterte ihn mit dem Verständnis etlicher gemeinsam durchlebter Fälle und drehte sich weg, um weiterzuschlafen. Er steckte schnell seine Dienstwaffe ein und rannte aus der Wohnung.

KAPITEL 32

In solchen Fällen verfluchte sich Bernauer, dass er keinen eigenen Wagen besaß. Kurz überlegte er, ob er die Strecke mit dem Fahrrad zurücklegen sollte, entschied sich dann aber dagegen. Erstens war er sicher nicht schneller und zweitens goss es immer noch wie aus Kübeln. Außerdem würde es schwierig werden, einen etwaigen Verhafteten mit dem Fahrrad auf den Posten zu bringen.

Also endete die Fahrradfahrt auf dem Parkplatz vor dem Polizeiposten, wo Großvater geduldig auf ihn wartete. Zum Glück hatte Bernauer vergessen, den Autoschlüssel zurückzugeben, und fand ihn auf Anhieb in seiner rechten Hosentasche. Der Motor des alten Opels heulte auf und Bernauer war froh, dass er sich auf Großvater verlassen konnte.

Bernauer entschied sich, den Weg am Kloster vorbei zu nehmen. Die Dominilochbrücke war von beiden Seiten nur durch eine Waldstraße erreichbar. Auf der anderen Reussseite wäre die Straße zwar breiter gewesen, es dauerte aber zu lange, den Weg außenherum über Zufikon zu nehmen. Bernauer durfte keine Zeit verlieren, wollte er Hartmeier nicht verpassen und ihn dingfest machen. In der Hektik vergaß er sogar, den Sicherheitsgurt anzulegen. Er raste über die gedeckte Holzbrücke, ein Privileg, das nur wenigen vergönnt war. Es hatte auch Vorteile, bei der Polizei zu arbeiten. Zum Glück waren zu dieser späten Stunde und bei diesem Wetter keine Passanten unterwegs. Er erreichte Hermetschwil in Rekordzeit.

Hinter dem Kloster mündete die asphaltierte Straße in einen steil abfallenden Schotterweg. Bernauer musste all sein fahrerisches Können aufbieten, um den Wagen in der Spur zu halten. Großvater quittierte den rauen und glitschigen Untergrund mit einem Quietschen der vorderen Stoßdämpfer.

Halte durch, altes Haus! Wenn das hier zu Ende ist, kriegst du eine Wellness-Behandlung in der Waschanlage. Das volle Programm.

Bernauer wunderte sich über sich selbst und seine seltsamen Gedanken. Er musste sich konzentrieren. Er hatte vielleicht nur diese eine Chance, Max Hartmeier zu fassen und zur Rede zu stellen. Und diese Gelegenheit durfte er sich nicht entgehen lassen!

KAPITEL 33

Bernauer raste den schmalen Kiesweg entlang. Von Weitem konnte er die Brücke erkennen.

Der Regen peitschte gegen die Windschutzscheibe. Noch einmal trat Bernauer fester aufs Gaspedal. Der Opel scherte aus. Nur mit Mühe konnte Bernauer ihn auf dem Weg halten. Noch eine Senke und dann würde er den Brückenkopf erreicht haben. Der Regen hatte den Pfad aufgeweicht. Die Räder des Wagens versanken immer tiefer im Morast. Bernauer konnte bereits die Inschrift auf der Seite des Brückengeländers erkennen. Da streifte er mit dem rechten Vorderreifen die steile Böschung. Der Wagen geriet ins Schlingern. Sofort riss Bernauer das Steuer herum. »Scheiße!«, entfuhr es ihm. Das Heck scherte nun vollends aus. Der Wagen machte eine Drehung nach links, durchschlug eine niedrige Hecke und schoss mit hoher Geschwindigkeit über den Wegrand hinaus Richtung Reuss.

Bernauer wurde durch den Wagen geschleudert. Mit dem Kopf schlug er heftig gegen das Lenkrad und den Dachhimmel des Autos. Er spürte, wie ein Rinnsal Blut über sein Gesicht rann, und nahm den metallenen Geschmack in seinem Mund wahr. Verzweifelt versuchte er, Halt zu finden – vergebens. Platschend landete der Wagen mit den Vorderrädern im Fluss. Bernauer wurde gegen die Seitenscheiben geworfen und schlug mit der Schläfe hart auf. Benommen, aber bei Bewusstsein rappelte er sich auf und versuchte, sich zu orientieren. Bevor er wusste, wo er war, spürte er, wie der Wagen sich langsam abdrehte. Die Motorhaube begann nach links unten wegzudriften. Der Bug des Opels schwamm bereits. Panik überkam Bernauer. Innert kürzester Zeit würde sein geliebter Dienstwagen in den tosenden Fluten versinken – und mit ihm Bernauer selbst. Er riss am Türhebel – nichts. Die Tür musste sich beim Aufprall verklemmt haben. Immer heftiger versuchte er, sie zu öffnen. Sie ließ sich nicht bewegen.

Mittlerweile reichte Bernauer das Wasser bis zur Hüfte und es stieg rasant an. Schon erreichte es seinen Bauchnabel. Er musste schnell handeln, wollte er nicht zusammen mit Großvater untergehen.

Meine Waffe!, kam es Bernauer in den Sinn. Blitzschnell zog er seine SIG aus dem Gürtel und zielte auf die Seitenscheibe vor ihm. Er wusste, dass er wahrscheinlich einen ernsthaften Gehörschaden davontragen würde, aber das war ihm in diesem Moment egal. Er öffnete seinen Mund, soweit es ging, um die Druckwelle wenigstens einigermaßen aushaltbar zu machen, und drückte ab – klick. Laden – klick. Klick, klick, klick … Ungläubig starrte Bernauer auf seine Pistole. Nichts zu machen. Durch die Nässe mussten die Patronen Schaden genommen haben oder die Waffe war sonst wie verklemmt.

Er geriet in Panik. Reiß dich zusammen! Großvater wird nicht dein Grab! Denk nach!

Seine Augen suchten das Wageninnere ab. Ein Kontrollblick nach oben verriet ihm, dass der Opel leider nicht über ein Schiebedach verfügte. Wäre auch zu schön gewesen, dachte er.

Das Auto neigte sich nun stark nach vorne links. Der Wasserdruck auf die Front- und Seitenscheiben musste enorm sein. Keine Chance, die Scheiben einzuschlagen. Panikartig blickte sich Bernauer im Wagen um. Mittlerweile stand ihm das Wasser buchstäblich bis zum Hals.

Da streifte sein Blick den Rückspiegel und er wusste sofort, was zu tun war. Behände kletterte er über die Mittelkonsole nach hinten, seine Waffe immer noch in der Hand. Er legte sich mit dem Rücken auf die Hutablage und drosch mit dem Griff seiner Pistole auf die schräg abfallende Heckscheibe ein wie ein verrückt gewordener Eisfischer, der seine Beute unter dem Eis davonschwimmen sieht. Viel Platz zum Ausholen hatte er in seiner Position nicht. Trotz der Nässe und Kälte traten Bernauer Schweißperlen auf die Stirn: Komm schon, komm schon!, sagte er erst zu sich und dann immer lauter. Als ob die Scheibe mit Worten zum Bersten hätte gebracht werden können.

Die Aktion führte zu einer kleinen Delle, einem kleinen Hoffnungsschimmer in dieser ausweglos scheinenden Situation. Das Auto neigte sich nun stark nach vorne. Bereits hatte das Wasser den ganzen vorderen Teil und auch das meiste des Fonds geflutet. Wieder reichte es Bernauer bereits bis zu den Hüften. Langsam wurde die Luft knapp in seinem engen Raum zwischen Hutablage und Heckscheibe.

Bernauer musste eine Verschnaufpause einlegen. Langsam verließen ihn die Kräfte und er dämmerte weg.

Seine Töchter Laura und Sophie standen an einem offenen Grab auf dem Friedhof. Das Wetter war mies und sie fanden Schutz vor dem Regen unter einem etwas zu großen schwarzen Regenschirm. Wie mit einer Drohne aufgenommen veränderte sich die Position des Betrachters. Zuerst sah Bernauer die Mädchen von hinten. Dann »flog« er langsam höher bis über die Köpfe seiner Töchter. Links von ihnen stand seine Frau Kathrin, ebenfalls mit Schirm und einer dunklen, wuchtigen Sonnenbrille, ein schwarzes Stofftaschentuch vors Gesicht haltend. Bernauers Blick wanderte nach rechts, wo seine Kolleginnen und Kollegen in voller Uniform standen und traurig zu Boden blickten.

Dann stieg er höher und konnte nun direkt unter sich ins offene Grab schauen. Ein Körper lag da im geöffneten Sarg. Es war ein Mann im dunklen Anzug. Das Gesicht konnte Bernauer nicht erkennen, weil es durch den Hinterkopf der Gestalt verdeckt war, die oben am Kopfende des Grabes stand. Diese hatte eine große Kapuze tief ins Gesicht gezogen und schaute auf den Sarg hinab. Die Hände zum Gebet gefaltet, rannen Regenrinnsale von der Kapuze über die Ärmel bis über die Hände. Der Betende hielt inne und breitete langsam die Hände zur Seite aus. Nun konnte Bernauer auch hören, was der Mann sagte: »Stephan war ein guter Vater und ein noch besserer Polizist.« Von irgendwoher meinte Bernauer ein Schluchzen unter den Anwesenden zu vernehmen. Der Mann setzte seine Rede fort: »Nun ist er nicht mehr unter uns, sondern schaut von da oben zu uns herab.« Während er diese Worte sprach, bewegte er, um die Theatralik zu steigern, den Kopf langsam nach oben. Nun konnte Bernauer sein Gesicht erkennen und riss in Gedanken seine Augen im Schock weit auf. Es war Staubli! Nun sah Bernauer in den Sarg und blickte in sein eigenes Gesicht.

Bernauer wurde in Gedanken Zeuge seiner eigenen Beerdigung. Und Staubli hielt seine Grabrede! Immer noch wie gelähmt starrte Bernauer auf die Szenerie, die sich in seinem Kopf abspielte. Plötzlich geschah etwas noch Überraschenderes. Staublis Gesicht verwandelte sich von einer Sekunde auf die andere in eine gelbe Masse, welche langsam zu zerfließen schien. Das Gesicht lief über Staublis Kinn und tropfte ins offene Grab auf Bernauers Leichengesicht. Erst als ein zweiter gelber Fleck auf Staublis Anorak erschien, realisierte Bernauer, dass die gelbe Masse Farbe war. Auf Staubli wurde mit Farbe geschossen! Die Schüsse schienen von einer niedrigen Thuja-Hecke abgefeuert zu werden. Nun wurden auch andere Umstehende von den Farbgeschossen getroffen. Panik breitete sich aus. Die Leute schrien und liefen wild durcheinander. Nur Bernauers Töchter schienen unbeeindruckt und blieben reglos vor dem Grab stehen. Bernauer blickte in Richtung der Hecke, aus der die Schüsse zu kommen schienen, und sah, dass zweimal kurz nacheinander abgefeuert wurde. Er wirbelte herum und beobachtete, wie die gelben Farbkugeln seine Töchter in den Rücken trafen. Sie taumelten und fielen vornüber zu Bernauer ins Grab, beide mit einem großen gelben Farbfleck auf der dunklen Regenjacke.

»Nein! Nein! Nein! Das darf nicht sein!« Bernauer schrie die Heckscheibe an und nahm all seine Kräfte zusammen. Wieder bei Bewusstsein, drosch und hackte und fluchte er, als gäbe es kein Morgen.

Der kurze Riss in der Scheibe wurde länger. Ermutigt durch den kleinen Erfolg, machte Bernauer weiter, noch stärker als zuvor. Die Hand schmerzte vor Anstrengung, Kälte und Frustration. Mit einem hässlichen Knacken, das an das Brechen von Knochen erinnerte, zersplitterte die

Scheibe in Tausende kleiner Stücke. Für Bernauer war es zu diesem Zeitpunkt das schönste Geräusch auf Erden.

Nun war die Scheibe zwar geborsten, aber noch nicht durchbrochen. Einen Versuch, mit dem Ellbogen durch die Scheibe zu kommen, gab er rasch wieder auf. Das Wasser war nun bis auf Brusthöhe gestiegen. Das Atmen fiel ihm durch den Wasserdruck schwerer. Zudem wurde er noch weiter nach oben gedrückt, sodass er den Kopf schräg halten musste, eingeklemmt zwischen Hutablage und Heckscheibe. Er merkte, wie die Scherben sich in sein Ohr schnitten. Da hatte er eine Idee: Er tat einen tiefen Atemzug, schloss die Augen und tauchte in die braune Brühe. Kiesel und Holzpartikel streiften sein Gesicht und wollten in seine Nasenlöcher, Mund und Ohren eindringen. Er spürte, wie sein Haar nun auch komplett unter Wasser war. Seine Hände tasteten sich in der Dunkelheit vorwärts, kriegten aber das Gewünschte nicht zu fassen. Verzweifelt fuchtelte er um sich, bis der Rücken seiner rechten Hand den ersehnten Gegenstand berührte. Aalgleich wand sich Bernauer nach rechts und griff mit beiden Händen nach der Kopfstütze des Beifahrersitzes. Zum Glück hatte Staubli den Wagen als Letzter für eine Observation benützt und auf dem Beifahrersitz wohl ein Nickerchen gemacht. So stand die Lehne gerade genug weit hinten, dass Bernauer mit den Füßen die Heckscheibe erreichen konnte. Mit ausgestreckten Armen klammerte er sich an die Stütze, zog seine Knie an und trat mit beiden Beinen und voller Kraft gegen die Heckscheibe. Wieder nichts. Ein letzter Versuch blieb Bernauer, ehe ihm die Luft ausging. Er merkte, wie er begann, seine Zunge gegen den Gaumen zu pressen. Ein untrügliches Zeichen dafür, dass er der Versuchung bald nicht mehr würde wiederstehen können, einzuatmen.

Mit letzter Kraft schlug er ein weiteres Mal nach hinten aus – und tatsächlich durchschlug sein linker Fuß die Scheibe. Noch ein Tritt mit rechts und das Loch war groß genug, dass er sich hindurchzwängen konnte. Er drehte sich, stieß sich mit den Füßen an der Lehne ab, durchquerte mit beiden Armen voran die Heckscheibe und steckte nun prustend und japsend bis zur Hüfte in der Scheibe. Mit letztem Effort schaffte er es, auf den Kofferraumdeckel zu klettern. Die Scheibe verschwand bereits im Wasser. Bernauer erhob sich, rannte zwei Schritte über den Kofferraumdeckel bis zu den steil aufragenden Heckleuchten und sprang mit einer letzten Kraftanstrengung ans Ufer.

Als er sich keuchend umdrehte, war vom Wagen nichts mehr zu sehen. Die Fluten hatten ihn mitgerissen. »Leb wohl, Großvater«, murmelte er, »zum Glück warst du kein Kombi!«

KAPITEL 34

Hartmeier stand in der Mitte der Brücke und starrte geradeaus flussabwärts. Bernauer erreichte den Alten keuchend und musste sich mit den Händen auf den Knien abstützen. Zwischen den Bodenplanken der Holzbrücke erkannte er die tosenden Wasser der Reuss unter sich. Der einzelne Kandelaber am gegenüberliegenden Ufer warf ein fahles, schwaches Licht auf die beiden Männer. Eine Zeit lang standen sie sich schweigend gegenüber.

»Wissen Sie, wie es ist, wenn einem alles genommen wird?« Hartmeier machte eine Pause. »Alles, was man liebt, alles, wofür es sich zu leben lohnt?«

Bernauer antwortete nicht. Seine Erfahrung lehrte ihn, dass es in solchen Situationen besser war zu schweigen.

»Von einem Moment auf den anderen verliert das Leben seinen Reiz. Zukunftspläne, Absichten, Ehrgeiz haben keine Bedeutung mehr. Man existiert zwar noch, doch innen drin ist man leer. Zunächst wird man fatalistisch. Was kann einem schon passieren, wenn man keine Angst davor hat zu sterben? Man geht Risiken ein, die ein gesunder Mensch niemals verantworten könnte.«

Der Alte schwieg eine Weile und starrte mit leerem Blick in die Dunkelheit.

»Ich hatte Glück. Meine Risiken zahlten sich aus, finanziell zumindest. Klar gab es auch Rückschläge. Aber im Großen und Ganzen war ich ein ›lucky bastard‹.« Der Alte lachte rau. »Ich bin viel in der Welt herumgekommen, Herr Bernauer. Der Mittlere und der Ferne Osten haben es mir angetan. Dort habe ich auch meine besten Geschäfte gemacht. Wenn Sie nichts zu verlieren haben, wenn Sie sich nicht einmal darum scheren, was mit Ihnen und Ihrem Leben passiert, Ihnen egal ist, ob Sie den Verhandlungsraum lebend oder mit den Füßen voran verlassen, dann sind Sie ein verdammt harter Verhandlungspartner. Meine Hartnäckigkeit und mein Fatalismus sprachen sich herum. Bald hatte ich den Ruf des Goldjungen. Internationale Konzerne begannen, sich für mich zu interessieren. Wer will nicht den besten Verhandler in den eigenen Reihen haben? Auch Angebote von Geheimdiensten und Privatarmeen bekam ich zuhauf. Ich habe alle Angebote abgelehnt. Geld bedeutete mir nichts – bedeutet mir noch heute nichts. Verstehen Sie mich nicht falsch: Reichtum hat auch seine Vorteile. Insbesondere kann man sich damit Privatsphäre und Abgeschiedenheit kaufen, gerade in Ländern, wo Überbevölkerung herrscht. Auch ich hatte Bodyguards, und Mauern umgaben mein Anwesen in Malaysia. Aber beides diente nicht meiner Sicherheit, die war mir wie gesagt nicht wichtig. Ich wollte nur meine Ruhe. Der wahre Luxus der heutigen Zeit sind nicht teure Autos, Schmuck und große Häuser, sondern Zeit und Raum, sich mit sich selbst auseinanderzusetzen. Wenn Sie von Termin zu Termin hetzen, sich in Millionenmetropolen durch Menschenmassen kämpfen, durch moderne technische Hilfsmittel und Soziale Medien ständig erreichbar und beschallbar sind, dann verlieren Sie mit der Zeit das

Gefühl für Ihren Körper und schlussendlich das Gefühl für sich selbst. Sie strampeln zwar den ganzen Tag im Hamsterrad des Lebens, aber wissen nicht, zu wem die Beine gehören, die Ihren Körper tragen.«

Bernauer erwiderte noch immer nichts. Er kannte das Gefühl nur zu gut.

»Damals habe ich mit Yoga begonnen. Ich wollte die innere Ruhe finden, um dieses Gefühl der Aussichtslosigkeit in mir drin zu bekämpfen. Gebracht hat es wenig. Immerhin bin ich auch in meinem hohen Alter noch relativ fit.«

Der Polizist fand dies reichlich untertrieben. Wer es in diesem Alter noch schaffte, Morde zu begehen, musste über unglaubliche Energiereserven verfügen.

Der Alte fuhr fort: »Ich hatte also alles erreicht, was nach menschlichem Ermessen möglich war. Ein Firmenimperium, Geld zuhauf, Ruhe und Frieden. Aber die Leere blieb. Es ist, als habe etwas einem den Lebenssinn aus dem Körper gesaugt. Und dieses Gefühl bleibt ein Leben lang. Es vergeht nie! Damals dachte ich, ich könnte eine neue Liebe finden und den Schmerz vergessen machen. Wie naiv ich doch war!«

Hartmeier lachte wieder sein kehliges Lachen, dieses Mal allerdings begleitet von einem traurigen, fast sehnsüchtigen Gesichtsausdruck.

»Auch all die Affären halfen mir nicht, die Leere zu vertreiben. Selbst als ich meine letzte Frau kennenlernte und sie mir einen Sohn schenkte, blieb das Gefühl bestehen. Haben Sie Kinder, Herr Bernauer?«

Überrascht von der plötzlichen Frage stutzte Bernauer kurz, nickte dann aber schweigend.

Hartmeier sprach unbeirrt weiter: »Wissen Sie, früher glaubte ich, Kinder zu haben, sei der Sinn des Lebens. Schließlich geht es doch darum, die Art zu erhalten, rein evolutionär gesehen. Ist es nicht Aufgabe einer Spezies, ihren Fortbestand zu sichern? Wenn wir aufhören würden, Kinder zu zeugen, gäbe es uns bald nicht mehr auf dieser Erde – was wohl für die Erde nicht das Schlechteste wäre.« Er lächelte steif. »Aber nicht einmal die Geburt unseres Sohnes konnte mich glücklich machen. Für ihn muss es hart gewesen sein, als er merkte, dass sein Vater sich bei keinem seiner Meilensteine im Leben richtig freuen konnte. Erster Schultag, Matura, Uniabschluss – ich war zwar immer dabei, aber es erfüllte mich keines dieser Ereignisse mit großer Freude oder gar Stolz. Sie werden sich fragen, Herr Bernauer: Warum hat er sich nicht schon längst umgebracht? Ein Schuss, ein Strick, und die Leere ist weg und alle sind glücklich.« Er lachte bitter. »Wissen Sie, ich habe nicht einmal das fertiggebracht. Die Leere verschlingt einen mit der Zeit immer stärker. Es ist nicht Antriebslosigkeit oder Feigheit. Es ist ein riesiger schwarzer Abgrund, der einem rationales Handeln verunmöglicht. Zugegeben, die einzige Ratio wäre Suizid gewesen, aber das ließ die Leere nicht zu. Man funktioniert einfach weiter. Irgendwie hat man das Gefühl, alle Schritte sind vorbestimmt, alle Taten von einer höheren Macht geplant. Bewusstes Handeln wird zur Farce, weil das Schicksal von der Leere vordefiniert wird.«

Er machte eine kurze Pause, um sich zu sammeln. Die beiden Männer standen sich schweigend gegenüber. Der Regen prasselte unaufhörlich auf das Dach der Brücke. Schwere Tropfen schlugen auf dem Geländer auf und spritzten in alle Richtungen. Bernauer spürte, wie ihm immer kälter wurde – vor Nässe, Müdigkeit und Anstrengung.

Hartmeier setzte wieder zum Sprechen an: »Um meinen Nachlass wird sich mein Sohn kümmern.«

Ansatzlos griff er in seine Manteltasche. Bernauer reagierte trotz seiner steif gefrorenen Glieder blitzschnell und griff nach seiner Dienstwaffe, die er nach Großvaters Untergehen wieder in seinem Gürtel verstaut hatte.

Hartmeier machte mit seiner anderen Hand eine beschwichtigende Geste. »Keine Angst, Herr Bernauer, ich trage keine Waffe. Ich habe auch nie eine getragen oder besessen. Ehrlich gesagt habe ich zu viel Respekt vor diesen Dingern.«

Bernauer entspannte sich ein wenig und lockerte den Griff um seine SIG. Ganz traute er der Sache aber doch nicht.

Hartmeier zog einen kleinen glänzenden Gegenstand aus seinem Mantel. Er betrachtete ihn kurz und warf ihn dann in hohem Bogen Bernauer entgegen. »Den brauche ich jetzt wohl nicht mehr.«

Bernauer schaute dem Gegenstand nach und sah, wie er hart auf dem Brückenboden aufschlug. Es war ein Schlüssel mit einem dieser Plastikanhänger zum Beschriften. Hinter der von der Kälte leicht angelaufenen Folie konnte er mit zusammengekniffenen Augen im schwachen Licht das in Druckbuchstaben geschriebene Wort erkennen: »HEXENTURM«.

Als er wieder aufsah, war der Alte verschwunden.

KAPITEL 35

Bernauer hechtete zum Brückengeländer, wo Hartmeier eben noch gestanden hatte. Zuerst schweifte sein Blick in die braun dahintosende Reuss. Er konnte nichts erkennen. Die wilden Wasser hätten Hartmeier vermutlich sofort verschlungen. Wie ein Blitz durchfuhr ihn die Gewissheit, dass der Alte die Leere nun doch besiegt hatte. Da hörte er ein Scharren unter sich.

Auf einem der Betonfundamente der hölzernen Brückenpfeiler lag Hartmeier zusammengekauert, aber lebend. Er raffte sich mühsam auf, sah zu Bernauer empor und schrie ihm durch den peitschenden Regen entgegen: »Sehen Sie, mein Schicksal ist vorbestimmt! Nicht einmal meinen eigenen Tod kann ich selbst herbeiführen.«

Bernauer hatte keine Zeit zu verlieren. Er kletterte über das Geländer und zu Hartmeier hinab. In seiner Jugendzeit hatten sich die Knaben aus dem Dorf stets hier zum Baden getroffen. Die Mutigen sprangen vom Dach der Brücke in den Fluss. Die Vernünftigen taten dies vom Geländer aus. Und die Feiglinge kletterten die Pfeiler hinab bis auf die Betonvorsprünge, von wo aus sie den Sprung ins kühle Nass taten. Bernauer gehörte damals weder zu den Mutigen noch zu den Vernünftigen, weshalb ihm die Kletterpartie heute Nacht leichtfiel – dutzendfach geübt.

Unten angekommen war er überrascht, wie hoch das Wasser stand. Nur wenige Zentimeter fehlten, um auch die Betonelemente zu überspülen. Hin und wieder verirrten sich kleine Wellen auf die Betonfläche, wo Hartmeier sich mittlerweile wieder auf die Beine erhoben hatte, und schwappten über die Betonkante.

»Sie sagten, es wurde Ihnen alles genommen, Herr Hartmeier. Wer hat Ihnen was genommen?«

Der Greis sah ihm tief in die Augen. Sein Gesicht wirkte noch müder als zuvor auf der Brücke. Seine sonst immer sehr akkurat gepflegte Kleidung zeigte Zeichen von Abnützung. Der linke Ärmel seines Jacketts war auf Höhe des Ellbogens aufgerissen und eine blutige Schramme kam zum Vorschein. Das Blut vermischte sich mit dem Regenwasser, das nun in Bächen über Hartmeiers Kleidung rann. Beide Männer waren völlig durchnässt.

»Nicht was, sondern wen«, entgegnete Hartmeier lapidar.

»Sie sprechen von Regula Tanner, nicht wahr?«

Der Alte starrte Bernauer immer noch an. Bernauer glaubte zuerst Erstaunen, dann aber Resignation in dessen Augen zu erkennen.

»Ich habe sie geliebt. Wirklich geliebt, verstehen Sie? Nicht, was heute als Liebe bezeichnet wird … Wir waren füreinander bestimmt. Das dachte ich jedenfalls damals. Und dann kamen die Polen.«

Der Wind wehte leise Glockenschläge vom Kloster hinüber. Mitternacht. Die sanften Töne hatten Schwierigkeiten, sich gegen die tosenden Wassermassen zu behaupten.

»Wie bitte?« Bernauer hatte Mühe, den Alten zu verstehen.

»Die Polen kamen«, wiederholte Hartmeier, nicht lauter, aber bestimmter. »Ein Pole hat meine Regula geschwängert!« Blanker Hass loderte für einen kurzen Augenblick in Hartmeiers Augen auf. »Als ich durch Martha Birchmeier davon erfahren habe, wurde mir alles schlagartig klar. Alles machte einen Sinn und dann wieder doch nicht. Regula hatte sich das Leben genommen. Meinem Leben wurde der Sinn geraubt. Ich konnte nichts mehr tun. Wie dumm ich doch war! Ich hätte es spüren müssen.« Er schüttelte langsam den Kopf. »Sehen Sie, Herr Bernauer, das ist es, was ich gemeint habe. Die Beziehung von Regula mit diesem Polen war keine Liebe. Es war Lust. Lust auf ein Abenteuer, auf körperliche Nähe. Nein, Bernauer, wahre Liebe gab es nur zwischen Regula und mir. Das wusste auch sie.«

Bernauer vermied es, dem Alten seine Version der Geschichte ausreden zu wollen. Was hatte es für einen Zweck? Dennoch wagte er einen zaghaften Versuch: »Sie waren beide sehr jung, Regula und Sie.«

»Das Alter spielte keine Rolle. Damals war man als Teenager schon erwachsen. Mit zehn Jahren musste man auf dem Hof mitanpacken wie ein Erwachsener. Mit 18 wurde geheiratet, mit 20 kam das erste oder zweite Kind. Wer damals älter als 60 wurde, galt als steinalt. Dabei hatten wir in der Schweiz noch Glück, weil wir von direkten Kriegshandlungen weitestgehend verschont geblieben waren. Aber diese Diskussionen sind müßig, Bernauer! Regula war schwanger, aus, vorbei! Ob ihr Liebhaber 15, 20 oder 50 war, war und ist mir egal!«

»Was ich nicht verstehe: Warum haben Sie nie nach dem Grund für Regulas Selbstmord gesucht? Es wäre für Sie doch ein Leichtes gewesen, so viele Leute wohnten damals nicht im Geisshof. Und auch die Internierten hätten Sie befragen können.«

»Was hätte das für einen Zweck gehabt? Rache bedeutet, einem niederen Instinkt zu folgen. Die Menschen glauben, es müsse für alles einen Schuldigen geben. Aber selbst wenn der Schuldige gefunden ist, bleibt die Tat bestehen, ist das Verbrechen nicht ungeschehen gemacht. Was machte es da für einen Sinn, nach dem Grund zu suchen? Mein Leben war zerstört. Ich musste nicht auch noch dafür sorgen, dass ein anderes ebenfalls kaputtgemacht wurde.«

Hartmeier sagte dies ohne Groll. Bernauer begriff langsam, dass der Alte seit dem Ertrinken Regulas innerlich abgestumpft, ja gefühlstot war. Er beschloss, das Thema zu wechseln: »Und warum haben Sie Cornelia Schaufelberger umgebracht?«

»Gut recherchiert, Herr Bernauer«, lobte ihn Hartmeier.

Bernauer konnte keine Ironie in den Worten des Alten ausmachen. Er stutzte nicht einmal.

»Es war ein Unfall, kein Mord. Ich hatte von ihrer Affäre mit diesem Afghanen durch meinen Sohn erfahren. Er war untröstlich und hat sich grausam aufgeregt. Ich wollte Cornelia zur Rede stellen und mich auf meiner Terrasse in Ruhe mit ihr unterhalten. Sie ist mir dumm gekommen. Hat mich als alten Sack bezeichnet und mich ausgelacht. Ich hätte keine Ahnung, hat sie gesagt. Wahre Liebe gäbe es nur in Schundromanen und billigen Fernsehfilmen. Was zähle, sei das Hier und Jetzt und die Verwirklichung der eigenen Träume im Leben. Ein Fantast sei ich. Weltfremd und unverbesserlich altmodisch. Und dann hat sie angefangen, sich über meinen Sohn lustig zu machen. Er habe in seinem Leben noch nie etwas selbst erarbeitet. Er sei ein schlechter Liebhaber und auch sonst zu nichts zu gebrauchen. Da brenne sie lieber mit Navid durch, als noch eine Minute länger mit Gregor zu verschwenden. Eines führte zum andern. Schließlich begann sie, mich zu schlagen und zu beschimpfen. Dabei wollte ich meinem Sohn doch nur das gleiche Schicksal wie mir ersparen. Wissen Sie, wie unerträglich es ist, die Liebe seines Lebens zu verlieren?«

»Und was passierte dann?« Bernauer wurde ungeduldig.

»Sie machte einen Schritt nach hinten, wohl um zu einem Schlag auszuholen. Dabei verlor sie das Gleichgewicht und stürzte in den Teich. Nie werde ich diese weit aufgerissenen Augen vergessen, als sie nach hinten stürzte. Sie fiel ins Wasser und tauchte unter. Zuerst dachte ich, dass sie sich gleich wieder aufrappeln würde – aber der starre Blick blieb, nur dass sie mich nun durch die Wasseroberfläche hindurch anstarrte. Ihr rechter Arm hob sich noch einmal, und ich glaube, sie wollte mir noch etwas sagen, denn ihr Mund öffnete sich, blieb aber stumm. So tat sie ihre letzten Atemzüge. Ich wollte ihr zu Hilfe eilen, aber dann sah ich das Blut, das sich hinter ihrem Kopf wolkenartig in den Teich ergoss. Sie musste unter Wasser auf einen großen Stein aufgeschlagen sein. Sie müssen mir glauben, Herr Bernauer, ich wollte ihren Tod nicht.«

Hartmeier senkte seinen Blick, und Bernauer empfand so etwas wie Mitgefühl mit ihm.

»Und warum musste Martha Birchmeier sterben?« Bernauers Empathie war seiner Professionalität gewichen.

»Die dumme Kuh hätte alles kaputtgemacht mit ihrer Schnüffelei und ihrem Getratsche! Stocherte in meinem

Leben herum und wollte den Ruf meines Sohnes in den Dreck ziehen! Früher oder später wäre sie dahintergekommen, was mit Conny passiert war. Was denken Sie, wie mein Sohn dagestanden hätte, wenn die Alte das allen in der Stadt erzählt hätte? Dabei geht es ja nicht um mich. Mich hätte man vielleicht ins Gefängnis gesteckt. Das hätte ich ertragen. Aber wer will denn noch etwas mit dem Sohn eines Mörders zu tun haben? Dass es ein Unfall war, hätte ja dann doch niemand hören oder wahrhaben wollen. Der Leute Meinung ist schnell gemacht und davon sind sie in der Regel auch nicht mehr abzubringen. Die Firma wäre über kurz oder lang in den Ruin getrieben worden.«

»Und deshalb haben Sie das Ganze wie einen Selbstmord aussehen lassen wollen?«

»Ja, verstehen Sie denn nicht, Bernauer? Auch in diesem Fall konnte ich nicht als Mörder dastehen. Gregor wäre nicht mehr glücklich geworden in seinem Leben. Ich wollte ihm die Schmach und die unendliche Leere ersparen. Das verstehen Sie doch, Herr Bernauer! Herr Bernauer?«

Bernauer starrte zu Boden. Regenwasser triefte von seiner Nasenspitze. Er musste seine Gedanken sammeln. Was er da zu hören bekommen hatte, war auch für einen erfahrenen Polizisten wie ihn keine leichte Kost. Hartmeier schrie ihn nun förmlich an: »Und dann kommt diese … diese … Stadtschwätzerin an und behauptet, meine Regula sei schwanger gewesen – von diesem Polen.« Der Alte regte sich so sehr auf, dass Spucke aus seinem Mund flog und Bernauers Jacke noch nasser wurde.

»Ich drehte durch, Bernauer. Ja, ich drehte durch. Nach all den Jahren der Ungewissheit, nach all dem Schmerz kommt die dumme Kuh an und sagt mir das einfach so ins

Gesicht! Erst konnte ich es nicht glauben, dann nicht fassen. Ich brauchte ein paar Stunden, um mich zu sammeln. Dann wurde mir klar, dass es nur diese eine Lösung geben konnte. Martha Birchmeier musste sterben. Das Geheimnis musste bewahrt werden – meiner Regula zuliebe.«

Offenbar hatte Hartmeier sein Plädoyer damit beendet. Bernauer sah immer noch zu Boden, hörte den Alten aber nichts mehr sagen.

Sehr langsam hob er seinen Kopf, bis er Hartmeier direkt in die Augen sah. »Warum haben Sie Cornelia Schaufelberger in der Reuss versenkt?«

»Cornelia sollte das gleiche Grab bekommen wie meine Regula: die Reuss. Sie sollte nicht am Stauwehr aus dem Fluss gefischt werden. Man sollte ihre Leiche nie finden. So wie auch die Leiche von Regula nie gefunden wurde. Ich musste Cornelia also befestigen, damit sie nicht ein paar Tage später im Rechen hängen blieb und geborgen wurde.«

Bernauer starrte Hartmeier immer noch an. Er konnte nicht recht glauben, was er da hörte. Zu befremdlich waren die Gedankengänge des Alten …

Dann sah er es!

KAPITEL 36

Es war nur eine Spiegelung in Hartmeiers weit geöffneten Augen. Bernauer reagierte blitzschnell. Er duckte sich nach links weg und warf sich auf seine Hände.

Hartmeier hatte weniger Glück. Der heranschnellende Baumstamm traf ihn mit voller Wucht im Gesicht. Bernauer konnte das Geräusch brechender Knochen hören, dann wurde der Alte brüsk nach hinten geschleudert. Seine Füße schnellten zeitgleich nach oben. Bernauer konnte noch erkennen, wie er auf dem Wasser aufschlug. Dann war er verschwunden. Von den tosenden Wassermassen verschluckt.

Bernauer fasste sich rasch wieder. Auf allen vieren kroch er auf die Kante der Betonplattform zu und lugte darüber hinaus. Keine Spur von Hartmeier. Schon glaubte er, eine Hand reckte sich aus den Fluten, tat dies dann aber als Geschöpf seiner Ermüdung ab.

Nach zehn Minuten erklärte Bernauer seinen Einsatz eigenhändig für beendet. Zwei Opfer forderte die Reuss in dieser Nacht: einen alten Mann und einen Großvater. Bernauer ließ den Blick noch einmal zum Abschied über das Dominiloch gleiten und winkte kurz in Richtung Kloster hinüber. Er glaubte, die Reflexion eines Feldstecherglases in einem der Fenster erkannt zu haben. Dann kletterte er den Brückenpfeiler hoch, klopfte sich so gut es ging die Nässe aus der Kleidung und machte sich auf den langen Fußmarsch nach Hause.

KAPITEL 37

Bernauer blickte gegen die Bürodecke. Irgendwo da oben mussten sich die letzten Worte des Berichts für Staatsanwalt Huber befinden. Nach einer Weile konnte sich Bernauer wieder konzentrieren, senkte seinen Blick und tippte sie in den PC.

Es war ein guter Bericht, wie er fand. Huber würde sich damit zufriedengeben und darin den einen oder anderen Aufhänger für die eine oder andere Prahlerei gegenüber den Medien oder im Golfklub finden. Bernauer machte es nichts aus, dass jemand anderes sich mit seinen Federn schmückte. Ihm ging es um die Sache, um die Aufklärung des Falls.

Eins aber ging ihm nicht mehr aus dem Kopf: Wie hatte es der alte Hartmeier geschafft, Cornelia Schaufelberger allein in sein Auto zu verfrachten, die Leiche an Gewichten festzubinden, den leblosen Körper samt Beschwerungen über ein Brückengeländer oder in ein Boot zu hieven und zu versenken? Natürlich war Hartmeier senior bis ins hohe Alter außergewöhnlich fit gewesen. Aber dies war doch ein erheblicher Kraftakt für einen alten Mann.

Ging man also von einem oder mehreren Mittätern aus, kamen da einige infrage. Vielleicht nicht Hartmeiers Sohn. Dessen Aussagen waren alles in allem zu glaubwürdig, als dass er von der Sache gewusst hätte. Zudem nahm Bernauer dem alten Hartmeier wirklich ab, dass er seinen Sohn hatte schützen wollen. Wieso hätte er ihn dann einweihen sollen?

Der Butler? Das war Bernauer dann doch zu klischeehaft. Außerdem hätte Hartmeier die Sache sicherlich vor seinem Bediensteten geheim halten wollen. Oder eventuell doch Navid Ibn-Mohamed?

Vielleicht kam die Staatsanwaltschaft ja noch auf eine zündende Idee. Bernauer hatte aber nicht viel Hoffnung darauf. Hartmeier hatte dieses Rätsel wahrscheinlich mit in sein nasses Grab genommen.

Er fuhr seinen Rechner herunter und widmete sich der heutigen Regionalzeitung. Natürlich war sein Fall das Thema Nummer eins. Auf der Titelseite war ein großformatiges Foto abgedruckt, wie Großvater aus der Reuss geborgen wurde.

Das war's dann wohl, mein Freund, dachte Bernauer und sandte dem Auto einen stillen Dank für die jahrelange Treue gen Himmel.

Auf Seite zwei folgte ein Bericht über eine gefundene Leiche. Hartmeier senior war ironischerweise beim Hexenturm angespült worden. Aufgrund der starken Strömung und der enormen Wassermassen mussten alle Schleusen beim Stauwehr voll geöffnet und die Rechen eingezogen werden. Seine letzte Reise war also länger, als sie es bei normalem Wasserstand gewesen wäre.

Bernauer sinnierte eine Weile. Dann fiel ihm eine Kurzmeldung auf.

In ein paar wenigen Zeilen wurde von der Verhaftung einer Frau geschrieben, die versucht hatte, sich an die Bremgarter Holzbrücke zu ketten, und dabei unentwegt

Flüche gegen die Polizei und den Stadtrat ausstieß. Wie es im Text weiter hieß, sei die Frau Vorsteherin und einziges Mitglied einer Vereinigung, die sich »Front für ein Menschenloses Reusstal (FMR)« nannte und jegliche Einmischung in die Natur des Reusstals oder auch nur deren Betreten als Störung der göttlichen Ordnung ansah. Die Frau wurde in die psychiatrische Klinik Königsfelden eingeliefert.

Bernauer fuhr sich durchs Haar. Dabei berührte er die Stelle, an der ihn der Farbbeutel getroffen hatte. Kopfschüttelnd legte er den Bezirksanzeiger beiseite.

»Na, Capo, alles im Lot?«

Ponte betrat den Raum, in seinem Schlepptau Othmar Staubli. Dieser lugte belustigt über Pontes linke Schulter. Bernauer verhieß dieser aufgekratzte Blick nichts Gutes.

»Hallihallöchen, Chef! Ich habe tolle Neuigkeiten!«

Dabei hob er seinen linken Arm und brachte eine dunkelblaue Prosecco-Flasche hinter seinem Rücken zum Vorschein.

»Heute gibt es etwas zu feiern! Da habe ich mich nicht lumpen lassen. War nicht der billigste Champagner.«

Bernauer klatschte sich in Gedanken die Handfläche an die Stirn. Ließ sich aber nichts anmerken, sondern versuchte, sein freundlichstes Lächeln aufzusetzen. Klar, Staubli war in den Augen von Bernauer nicht der hellste Stern am Firmament. Und ja, mehr als einmal hatte Bernauer ihn nicht bloß auf den Mond, sondern in eine andere Galaxie gewünscht. Wegen Staubli hatte er etliche Überstunden leisten müssen. Aber im Grunde war sein altgedienter Mitarbeiter doch ein feiner Kerl. Vielleicht nicht der beste Polizist, aber sicher eine gute Seele im Team.

Und dass Staubli sich nun ehrlich über Bernauers Erfolg freute, rührte ihn doch ein wenig. Und sogar ein Geschenk hatte er ihm mitgebracht, auch wenn er den Unterschied zwischen Prosecco und Champagner anscheinend nicht kannte. Dieses Mal würde Bernauer gute Miene zum bösen Spiel machen.

»Ja, also, das ist aber nett, Staubli …«, begann er etwas unbeholfen.

»Ja, nicht wahr? Ich bleibe euch noch ein wenig erhalten, Chef!«

»Ich … ähh … verstehe nicht ganz, Staubli.«

Bernauer sah Ponte fragend an. Dieser zuckte nur mit den Schultern.

»Na, ist das nicht toll? Der Regierungsrat hat meinen Antrag auf Beschäftigung über das Pensionsalter hinaus bewilligt! Connections muss man haben! Ich werde euch also noch ein Weilchen unterstützen. Ohne mich schafft ihr eure Arbeit ja eh nicht.«

Mit diesen Worten drehte er den Verschluss der Flasche auf und ließ den Korken knallen. Ponte beeilte sich, mit einem Plastikbecher von der Kaffeemaschine den überschäumenden Prosecco aufzufangen.

Bernauer musste sich abdrehen, um das süffisante Grinsen auf Staublis Gesicht nicht ertragen zu müssen. Er seufzte tief, ging ein paar Schritte zum Fenster und blickte geistesabwesend zum Himmel hinauf. Nach ein paar Sekunden hatte auch er ein Lächeln auf den Lippen.

Es hatte aufgehört zu regnen.

EPILOG

Bernauer war nicht mehr so fit wie früher. Sein tägliches Training, die kurze Radstrecke zwischen zu Hause und dem Büro, reichte nicht, um mit dem sportlichen Niveau seiner Töchter mitzuhalten. Zwar versuchte er, auch für Einsätze außerhalb von Bremgarten vermehrt das Velo zu nehmen, seit Großvater aus der Reuss geborgen und endgültig als reif für den Schrottplatz erklärt worden war. Trotzdem vermochte er ihnen auf dem Veloweg nicht mehr zu folgen.

Er ließ sie ziehen und machte eine Pause an der Weggabelung. Das Fahrrad zwischen die Beine geklemmt, zog er langsam seine Getränkeflasche aus der Halterung und setzte sie an die Lippen. Da erst realisierte er, dass er sich ganz in der Nähe des Geisshofs befand. Gedankenversunken nahm er einen Schluck und ließ den Blick schweifen. Vom Flachsee her flog ein Schwarm Möwen heran. Ein Graureiher starrte absolut regungslos auf den Boden vor ihm, stets bereit, eine unvorsichtige Maus zu erbeuten. Der Verkehrslärm der nahe gelegenen Hauptstraße verschwamm mit seinen Gedanken und war für Bernauer fast nicht mehr wahrnehmbar. Er tat einen tiefen Atemzug. Die Luft war ungewöhnlich warm für die Jahreszeit und von den grob gepflügten Feldern stieg Dunst auf. Er wandte den Kopf nach rechts und sah hinüber zu den Dächern des

Gehöfts, das sich an den Waldrand schmiegte, als wären Gebäude und Bäume ein altes Liebespaar. Irgendwo da vorne mussten damals die Baracken gestanden haben. Er senkte den Blick und sah zwischen Lenkervorbau und Sattel hindurch auf den Boden vor seinen Turnschuhen. Man sah dem rauen Asphalt die Jahre kaum an. Saubere Arbeit. Die Zusammensetzung des Belags war gröber als bei moderneren Straßen. Hier und da ließen sich einzelne Gesteinsbrocken im Gemisch erkennen. Je länger Bernauer auf den Boden starrte, desto deutlicher vermeinte er ein Klopfen zu hören. Das Hämmern wurde lauter und rhythmischer. Es folgte einem Takt, den Bernauer förmlich in seinem Körper fühlen konnte. Plötzlich waren deutlich Rufe auszumachen. Befehle. Er hob seinen Kopf und sah vor sich eine Gruppe von vielleicht 20 Männern in abgewetzten, blaugrauen Arbeitsuniformen. Einige trugen einfache Mützen über müden, dreckigen Gesichtern. Sie unterhielten sich gedämpft in einer Bernauer unbekannten, fremden Sprache. Die vorderen Männer schwangen riesige Vorschlaghämmer und ließen sie abwechselnd auf einen Haufen Gesteinsbrocken herunterfahren, um sie sogleich wieder über die Köpfe zu heben. Ding, ding, ding. Die anderen sammelten die zerkleinerten Brocken in großen Weidenkörben auf oder bearbeiteten sie weiter mit kleineren Hämmern, bis sie die richtige Größe aufzuweisen schienen. Männer mit Schaufeln brachten die Steine auf dem staubigen Weg aus und klopften sie ins Bett. Hinter der Gruppe standen zwei Aufseher in tadelloser Uniform. Ihre polierten Gürtelschnallen glänzten in der Sonne um die Wette. Von Zeit zu Zeit schrien die Aufseher einen Befehl auf Deutsch und die Arbeiter nahmen diesen stoisch hin, ohne die Blicke zu heben. Einer der beiden Bewacher trat unvermittelt nach vorne, packte einen der Arbeiter am Kragen, zerrte ihn nach oben und schrie ihm ins Gesicht: »Krraaah! Krraaah!«

Bernauer riss die Augen auf und hob den Kopf. Die Krähe vor ihm auf der Straße schien ebenso überrascht über Bernauers plötzliche Bewegung wie Bernauer selbst. Sie packte die Überreste einer Baumnuss und flog krächzend Richtung Bremgarten davon. Er sah ihr nach und drehte sich nach links um. Als er seinen Kopf wieder senkte, fiel sein Blick auf einen großen Stein am Wegrand.

Bernauer war hier schon etliche Male entlanggefahren. Seit seiner Kindheit gehörte dieser Fahrradweg zu seinen festen Erinnerungen an Familienausflüge. Der Stein war ihm aber bisher nicht aufgefallen. Er stellte sein Velo ab. Und ging die paar Schritte bis zum verwitterten Felsblock. Er war vollständig mit Flechten und flachen Moosen bedeckt. Die Witterung hatte ihre Narben hinterlassen. Beim Näherkommen erkannte er, dass am Findling eine massive, gusseiserne Metallplatte angebracht war. Die Buchstaben der Inschrift waren in einer altertümlich geradlinigen Serifenschrift gehalten:

STRASSE GEBAUT IM
KRIEGSJAHR 1940 DURCH
EIN ARBEITSLAGER
FÜR EMIGRANTEN

Bernauer verharrte eine Weile in Gedanken versunken. Er musste unvermittelt an Max Hartmeier, Regula Tanner, Barbara Birchmeier, Schwester Alexandra und die anderen Kinder des Geisshofs denken, welchen man durch die Ansiedlung des Lagers schon in der Kindheit die harte Realität der Weltpolitik vor Augen geführt hatte. Und welches tragische Schicksal einige von ihnen in der Folge erleiden mussten. Als Vater nahm er sich vor, alles zu tun, um seinen Kindern Ähnliches zu ersparen. Beim Gedanken an Laura und Sophie wurde ihm bewusst, dass er sich einen ziemlich großen Rückstand eingehandelt haben musste. Er eilte zurück zu seinem Rad, schwang sich auf den Sattel und trat kräftig in die Pedale. Er hoffte, seine Kinder noch vor der Reussbrücke einholen zu können.

PERSONEN

Stephan Bernauer	Polizist, Ermittler
Kathrin Bernauer	Stephan Bernauers Frau
Laura Bernauer	Bernauers ältere Tochter
Sophie Bernauer	Bernauers jüngere Tochter
Michelangelo Ponte	Polizist, Mitarbeiter von Bernauer
Othmar Staubli	Polizist, Mitarbeiter von Bernauer
Dr. med. Siglinde Bernhard	Gerichtsmedizinerin
Dr. iur. Friedrich Huber	Staatsanwalt
Cornelia Schaufelberger	Freischaffende Künstlerin, Opfer
Ewald Schaufelberger	Vater von Cornelia
Rosmarie Schaufelberger	Mutter von Cornelia
Martha Birchmeier	Stadtführerin
Jessica Birchmeier	Martha Birchmeiers Tochter
Barbara Birchmeier	Martha Birchmeiers verstorbene Halbschwester
Max Hartmeier	Gründer und Senior-Chef der Hartmeier AG
Gregor Hartmeier	Geschäftsführer der Hartmeier AG, Sohn von Max Hartmeier

Regula Tanner	Jugendliebe von Max Hartmeier
Patrick Honegger	Tourismusdirektor von Bremgarten
Petra Ingold	Ordensschwester Alexandra
Albert Stöckli	Nachbar der Bernauers
Gisela von Arx	Kunstlehrerin
Robert Schmid	Kraftwerk-Angestellter
Josef Hilpert	Kraftwerk-Angestellter
Hermann Goldinger (Goldie)	Wirt im »Henry's«
Franziska Müller	Verwaltungsangestellte der Stadt
Silvia Egger	Finderin der Hand
Tobias Egger	Ihr Sohn
Linda Fein	Kantonspolizistin
Thomas Nauer	Kantonspolizist
Markus Stübi	Polizeitaucher
Guido Meier	Polizeitaucher